魍魎世界

白玷汙了這一片江山

張恨水 著

錢實在是好東西。

有了錢，一座荒山，不難立刻變成一片森林。
但在這一滴汽油一滴血的日子，
誰能坦然看待這些用血換來的生活？

目錄

目錄

錢魔

在這個時候，西門夫婦都有點兒紙醉金迷，他們完全不曾理會別人對他們有所注意。西門德博士正自高興著，在樓廊上踱來踱去，嘴角上抑止不住那分得意的笑容。看到亞英上來，立刻搶上前握著他的手，緊緊的搖撼了一陣，笑道：「恭喜恭喜！我們昨天晚上，和青萍談了兩小時，她說她這樣歸宿，是很好的。不過談完之後，你師母——哦！不，我說錯了。她的師母，又拉著打了八圈牌，這顯著有點矛盾。」西門太太還是靠了欄杆在咀嚼糖果，這就接嘴道：「這有什麼矛盾？我贊成青萍和亞英訂婚，也並不為了這事，就勸青萍戒賭，你別以為這一趟仰光，是頗有收穫，可是大部分的力量，是由我出的。」博士對竽夫人無話可說，拉著亞英的手道：「我們到屋子裡去談吧。」亞英隨他到屋子裡，心裡又不免動了一動。原來這裡除了有三張嶄新的花絨面沙發而外，樓板上鋪的地毯，也是新的，新得上面沒有一點灰跡。照這樣子看來，也必是昨天購辦的新家具。他只管坐下來東張西望的，腦子裡卻不住的在想，博士這一趟生意，縱然很好，一來是貨在途中，二來帶回來的是貨而不是錢，究竟是賺是賠，如今還不能確定，何以他到家之後，就這樣大事鋪張。如今買一套沙發，非家有百萬的人家，就當考量。他難道有了幾百萬，或千萬的家財嗎？

西門博士根本沒有注意亞英在想什麼，口裡銜了半截雪茄，很高興的架了腿，坐在新置的沙發上，噴了一口菸，將手指夾了雪茄，指著亞英道：「你預備什麼時候結婚？」說著，他走過來，同在這張沙發上坐了。將夾著雪茄的手，掩了半邊嘴，將頭靠近了他的肩膀，對著他的耳朵低聲笑道：「這種事情類似打鐵，趁熱訂了婚，就當趁熱結婚，不可冷了。鐵出了爐，被風一吹，就會冷的，冷了的鐵，可不好打。」

亞英原是一頭高興的前來，忽然聽到了這話，倒是很有些驚異，望了他道：「她昨晚另外有什麼表示嗎？」西門德拍了他的肩膀笑道：「那倒沒有，你可以放心。古人說得好，女大十八變，由我看來，倒不光是在相貌上而論。小姐的心理，也是時時刻刻有變化的。」亞英見他是以心理學家的資格來說話，這就坦然得多，便笑道：「博士這樣看法，那自然是對的。不過在我個人，覺得是受了一個閃電戰的襲擊。」西門德又拍了他的肩膀，笑道：「你這是其詞若有憾焉，其實乃深喜之。哪一個青年人不希望有這個閃電的襲擊呢？就說是我……」說著他伸頭向門外由看了看，低聲笑道：「我就希望有這麼一個閃電式的襲擊，可是就沒有人來襲擊我這老牛。喂！老弟台，你快有家眷了，以後當謀所以養家之道。你現在雖然也會經營商業，我看那小湊合究竟不是遠大的計劃。現在我們經手的這一批車輛和貨物，自然可以賺一筆錢，我打算把這一筆錢辦點貨出口，再向仰光跑一趟，你看如何？我們現在應當把握一筆錢，到了戰後，經營一點實業。抗戰把大家抗苦了，戰後我們有事業可以好好享受一下，來補償補償這個損失。我覺得我這個打算，是應該有的。尤其是世兄有了這樣一個如花似玉的夫人，戰後不能不有一個完美的家庭來配合。不然的話，將一盆鮮花供養在黃土牆茅草蓋的屋子裡，那究竟欠妥。」亞英笑道：「這樣說，我得大大的去努力。可是我哪裡去找一筆本錢呢？」西門德夾了雪茄的右手一拍架起來的大腿，笑道：「有呀！你根本就有呀！令弟這一次回來，所得的將不下於我所得的。」

正說到這裡，西門太太拿了一張發票進來，揮著向先生一照，笑著說了兩個字，「要錢！」西門德接過發票來看了一看，點頭道：「付現給他吧。」西門太太道：「還付現嗎？那三十來萬元，快花光了。」博士道：「那麼，我就開張支票。」說著在衣袋裡掏出了支票簿，伏在辦公室上開了張支票，又在另一個衣袋裡，掏出圖章來蓋了，立刻將支票交給太太，好像花這筆錢，全不必加以考慮。亞英心裡想著，真是發了財回來了，毫不在乎。但是他賺了多少錢回來，這樣狂花呢？順帶著這一個問題，便是西門博士坐飛機回來，所帶的貨有限，縱然是貴重的珍品，也不能一到重慶就換，出了錢來。就說他根本帶了錢回來，他是作進口生意，又不是作出口生意，只有帶了錢出去辦貨，哪有帶錢回來之理？好在和博士是極熟的人，有什麼話要說，也不必十分顧忌，便笑問道：「這樣子看來，博士回家來，兩三天用得錢不少了。在昆明就賣脫一批貨嗎？」博士銜著雪茄噴出一口菸來，點頭笑道：「你這話問得很中肯，我當然不能由飛機上帶現款回來，可是……」他又吸一口菸，接著道：「可是那也沒有一定。我告訴你一件奇事，運氣來了，也是門板都擋不住。我們上次到宛町的時候，有令弟熟識的一個商人，帶了一些川貨出去，如蟲草、白木耳之類。但他接了家裡的急電，有極重要的事，阱他回家。他就照血本算價，把貨讓給了我們，而且知道我們沒有現款，就寫一張字據，由我們在重慶付款。我們白得一批貨，在仰光遇到廣東商人，賣得很好，而且得了這位廣東商人幫忙，我竟是帶了一批盧比現鈔回來，到了重慶，你想這東西，還怕換不到法幣嗎？」亞英道：「在仰光帶現鈔出境，是不大容易的事吧？」博士笑道：「重慶市上盧比現鈔，也有的是吧？別人有法子運進來，我們自然也有法子運進來了。這筆錢，總算是意外財喜。這事情讓我這夫人知道了，她哪肯放鬆？這樣也買，那樣也制，忙得她一塌糊塗。」亞英道：「是一個很大的數目嗎？」西門德口裡銜著雪茄，微笑了一笑。

偏是西門太太在門外聽到了這句話，便插嘴笑道：「你先不忙打聽數目，等亞杰回來，他自然會告訴你。你若是差著什麼結婚費的話，那不成問題，我們可以幫你一點小忙。」說著，她走了進來，架腿在對面沙發上坐下，向了亞英笑問道：「據人說鑽石的價值最穩定，到了戰後，別的東西價目或者不免波動，鑽石的價格絕不會跌落，這話是嗎？我又不便問生人，怕人家笑我外行。」亞英道：那麼，西門太太打算收藏一點了。是打算要項圈呢，是打算要戒指呢？」西門太太笑道：鑽石項圈，中國找得也幾個人配戴那東西？弄一隻戒指玩玩，那就很可以了。等貨到了，變出錢來，我是想買一個。她說這話時，眼睛可望了丈夫，略略帶了三分生氣的樣子，將手點著他道：「你又該說什麼奢侈了，浪費了，銀錢生不帶來，死不帶去，有錢不花幹什麼？你總脫不了那股子寒酸氣。」西門德笑道：「我又沒作聲，你怎麼先說我不贊成呢？」她道：「我看你那樣子，就有幾分不贊成。」西門博士不能怎樣辯護，只是微笑。

西門太太向亞英道：「現在你訂了婚，應該回家去和老太爺老太太報告一聲了。你打算幾時回去？」亞英沒想到她把問題一轉，又轉到自己身上來，因笑道：「我自然應該回去一次，不過什麼時候回去，還沒有決定。」西門太太道：你若是回去的話，我奉託你一件事，我覺得你府上那個環境，很不錯。我也想在那附近找一塊地皮，蓋一所自己所願意住的房子。」亞英道：「你們這房子不是很好嗎？」她道：「我們在這裡受盡了房東的冤枉氣，自從溫家二奶奶到過這裡來以後，接著又是我們博士出國，我也不知道他有什麼事要聯繫我們，總算態度變了。可是我總覺住得不舒服，我有錢自己蓋房子住，永遠不會有人來轟我了。」西門博士銜了雪茄，架了腿，坐在沙發上，聽她的話，這就情不自禁的兩手一拍，叫了一聲「好」。那銜的大半截雪茄，卻卜突落在地上。但他並不去管它。亞英立刻彎腰下去，把那截雪茄拾了起來。西門德還不等遞過來，笑道：「算了，不要它了。」亞英看那雪茄落在乾淨的樓板上，並沒有沾上什麼灰塵，倒不想到他就嫌髒了。記得當初同住一幢房子的樓上與樓下時，西門博士買那一角錢兩三支的土雪茄吸，由樓廊欄杆邊落到樓下石階上，還親自下樓來撿了去呢。亞英這樣想著，臉上有點猶疑。心理學博士還有個看不出來的嗎？便立刻回轉身，走到裡面屋子去，捧出一木盒子雪茄來，雙手捧著送到亞英面前，笑道：「來一根，來一根，倒是真正的外國貨。」西門太太道：「他吸紙菸，他不吸雪茄。」二先生，我也要送你一點禮，送你一條紙菸吧。」

亞英看他夫妻這樣客氣，明知道是為了遮掩那分兒失態。但他兩人究竟是長輩一流，縱然有一點失態，自也只有忍耐著。於是把手裡那半截雪茄扔了，順手取了一支整雪茄看了看，雪茄中間圈的那個紙套上面，有英文字母。便點頭道：「大概價錢不小吧？」博士笑道：「在加爾各答，那不算什麼，反正也花不了一個盧比。」說話時，西門太太已由裡面屋子取出一個銀套嵌綠心的打火機來，她打著火送到亞英面前來，笑道：「連盒子帶火，都送給你了。」

亞英道謝後點了菸，因笑道：「這東西送給我，得讓我多一件事去求人。」西門太太道：「我曉得，你是說不容易找到汽油了。這件事不成問題，我打算買一部小座車，有車子就有油，我也不光是要享受，有錢囤交通工具，也是生財之道。老德他在昆明，就聽了一個奇怪訊息，有人囤了大小車子一千多輛，那還了得，就算這訊息誇張一點，打一對折，這資產的數目也很可驚人了。老德這次由仰光回來，在車子中間，可以留下一兩部卡車的話，我主張不賣出去，我們坐著到郊外去玩玩也好，給人運運貨也好，幾個月下來，怕不是個本錢對倍。」說到這裡，卻聽到有人接嘴道：「我師母現在成了個老生意經，眼裡所看到的東西，全是貨品了。」說著，黃青萍由外面進來。她身上穿了棗紅色絲絨的晨衣，攔腰將絨帶子打了個大大的蝴蝶結子，頭髮將根紅辮帶子紮了個腦圈。光著白腳，踏了雙紅絨拖鞋。那雪白的皮膚，被大紅色托著，特別嬌嫩。亞英是帶著幾分吃驚的樣子，口裡有個咦字不曾說出來，笑著欠了欠身。西門太太笑道：「人家真是奉命唯謹，早就來了，你洗過臉了嗎？」青萍道：「謝謝，一切都由劉嫂招待著。」西門太太道：「我的化妝品，雖不高明，湊合著也可以用，不過你不化妝，這樣睡意惺忪，也就夠美的了。我說亞英，你是幾生修到，有這樣一位美麗的小姐作終身伴侶？你看她穿什麼行頭，就怎樣好看，而她也就有這些行頭。她到我這裡來一趟，還把她的睡衣拖鞋帶著，你若不造一所金屋，怎樣藏下這位嬌小姐？」

亞英看到青萍這番裝束，本來心裡就一動，再聽了西門太太的話，簡直和博士所說一樣，莫非青萍曾有什麼表示，說區家太窮了。的確，她怎樣能到南岸來往？還把……他還沒有想下去，博士已在他臉上看到猶豫之色了，因笑著搖了兩搖手道：「別聽她開玩笑。青萍是怎麼一個調皮的孩子，她肯到老師家裡來弄這些排場？我和太太買了三套睡衣睡鞋，頗蒙獎賞，昨晚一樣一樣的拿給青萍看了，她鬧了個愛不忍釋，我太太就送了這麼一套，她還不是孩子喜歡新鮮的脾氣？昨晚上就試新了。」青萍聽老師解釋，只是不住的手理著耳鬢邊的亂發，抿了嘴微笑。亞英道：「那真該謝謝了。博士千山萬水，帶來給太太的三套睡衣，我們就分去三分之一。」西門太太笑道：「好響的『我們』兩字。」亞英和青萍也就都相視而笑。這樣一來，才把西門德那個失態的事件牽扯過去。

青萍向亞英道：「你就先回去吧，師母今天中午請客，留我在這裡陪客，這一桌全是女賓，可容納不了你。」亞英道：「我不吃飯，在這裡等著你，也不要緊。」西門德笑道：「那差使也太苦了，女客來了，我也是坐不住的，我陪你過江去。」西門太太將嘴一撇道：「一張紙畫了個鼻子，你好大的面子。人家迎接未婚夫人，連飯都可以不吃，你太太請客，你要躲出去。」青萍笑道：「留老師在家裡於什麼嚁？給來客斟酒？」西門太太道：「我若不怕教壞了你，我就這樣辦。」博士突然站起來，伸了三個指頭，比著額角行了個童子軍禮，笑道：「太太，你這句話說得我最是舒服。你也承認這是一件壞事了。」西門太太笑著，沒說什麼，卻是指了他的臉，嗤上一聲。亞英想著，自從認識西門夫婦以來，沒有看過他老兩口兒這樣耍過骨頭，在年輕的晚輩面前，這樣打情罵俏，那還是第一次。大概這就為了有了幾個錢吧？他心裡想著，望了青萍，她也忍不住笑，扭轉身向屋裡走。說聲：「我洗臉去。」

等著她梳妝出來，桌上放了一玻璃碟子方塊糖。劉嫂提來了一把咖啡壺，向幾個白瓷杯子裡斟著帶了熱氣的咖啡。另一隻大磁碟子，放著去了麵包皮、切成薄片的麵包塊。相反的一隻較小的磁碟子裡面，卻堆滿了極厚的宣威火腿片。西門太太首先將兩個指頭箝了一片火腿，送到嘴裡咀嚼著，隨手又取了兩片麵包，一片火腿，卷夾好了交給青萍道：「黃小姐，你嘗嘗，火腿是真宣威貨。我的手是乾淨的。」青萍將手伸來接著。西門太太道：「你別拿手接，我送到你日裡。孩子，我們娘兒倆多親熱親熱。」說著，把火腿麵包送到青萍嘴裡。青萍也真只好笑嘻嘻的吃了。西門太太又笳著糖塊，向咖啡杯子裡陸續放著，笑道：「咖啡是真咖啡，糖也是真太古糖，就是有點缺憾……」亞英笑道：「缺少好新鮮牛奶。」她搖搖頭道：「不，我不喜歡在咖啡裡面放牛奶，那樣把咖啡的香味都改掉了。我覺得我們用的家具不夠勁。杯子不像喝咖啡的杯子，糖罐子沒有夾糖的銀夾子。喂！老德，我想起一件事，前兩天我在拍賣行看到幾套吃西餐的家具，幾時去買了來？」

西門德並不答話，那位太太也不追問。她只是陸續的放糖，陸續的端著咖啡杯子，送到各人面前，也許是西門博士那個童子軍禮行得她滿意，她也捧了一杯咖啡，送到他面前。他放下手上的雪茄，兩手捧住杯碟，彎了腰笑道：「謝謝。」說著回過頭來向青萍笑道：「這一點你得學著我們，這就叫相敬如賓吧。」青萍已坐在桌子邊喝咖啡，偏過頭來向亞英道：「我著老師和師母都十分高興。」亞英是坐在旁邊椅子上，手捧了咖啡杯子的，這就立刻放下杯子，在茶几上起了一起身，垂著兩手點著頭，道了一個「是」字。青萍正喝了一口咖啡，笑著一偏頭，將咖啡噴了滿樓板。亞英倒不怎麼介意似的，很自然地坐下去喝咖啡。西門太太站在桌子角邊，正將麵包夾了一片火腿，於是拿了火腿麵包，作個要擲打的樣子，笑道：「你這小鬼頭，還來和老長輩開玩笑，我把麵包砸到咖啡裡去，濺你一臉的水。」西門德兩手捧了茶杯，也是笑著抖顫。青萍在身上掏出了一塊手絹，擦抹了嘴唇，笑道：「今天大家真是高興。老師這樣的高興，我雖不是第一次看見，可是老師和師母同樣的高興，我倒是第一次看見。」西門太太嚼著火腿麵包，因點頭道：「我坦白承認，的確是這樣。可是我們高興，還能比你們小兩口兒高興嗎？不過你們不說出來就是了。」

亞英坐在一邊，心裡想著，像這老兩口兒一二十年的夫妻，又在這抗戰期間共過患難，生活還有什麼不能相處得融合的？而他們還必須大大的發了一筆財，才能夠有說有笑。以黃青萍的人世閱歷而論，她儘管比西門太太年輕得多，可是她所經驗過的人生享受，可比西門太太夠勁。若是要叫她像西門太太這樣高興得發狂，那真非千百萬不可。自已有這個能力嗎？他端了咖啡杯碟，將茶匙慢慢舀著喝，臉色呆定著，舉動也一下比一下遲鈍。西門太太看了他的樣子，卻不免發生了誤會，因望著他笑道：「你放心，我們不會把你的未婚夫人吞吃下去的。老德，你就陪他出去散散步吧。這兩天，重慶跑到南岸，南岸跑到重慶，一天來回五六次，緊張的不得了，也可以輕鬆一下了。」西門德笑笑。亞英點了頭道：「好的，我奉陪博士出去走一趟，領教領教。」西門太太聽了這話，立刻兩手撐了桌沿，伏下身子去，將口對了青萍的耳朵嘰哩咕嚕了一陣。說話的時候，可把眼睛望了西門德。青萍聽了她說，又是「嗤」的一聲笑了。博士看了這個樣子，心裡也就想著，太太是個中年人了，你看她這樣搔首弄婆，簡直要和青春少女爭上一日短長，這似乎有點過分吧？可是他心裡雖如此想著，面孔上不敢作絲毫表示，但又立刻想著，這樣的舉動，讓亞英看著究是不妥。於是在用過了早點之後，就約著亞英一路出去散步。

青萍雖是不愛鄉居的一位姑娘，她在這兩天看到西門德夫婦高興得有些過分，心裡也就想著，老師還有大批的貨物沒有運來，真不知道還有些什麼生意要作。在這地方多看看，與自己總是有好處的。西門太太呢，自己感覺到有些不能掌握自己的神經，青萍在這裡可以熱鬧些。已往是三天不見溫二奶奶，心裡就不大安貼，總怕會把這個有錢的好朋友失掉了。現在不解是何意思，對於這層，已毫不關心。所以自己在家裡寬心請客，並不想過江去。就以所請的這些客人而論，也十分捧場。原約的時間是十二點鐘，然而十一點鐘剛過，這些朋友都來了。這些人裡面，十分之七八是牌友，其餘也是平常說得很投機的。這裡只有一位高等公務員的太太，其餘各位太太的先生，不是在銀行裡辦事的，便是在公司裡當職務的，她們耳濡目染，對人生另有一種看法。西門博士從仰光回來，他太太大請其客，這也正是各人所欣慕的，所以也都來了。這些人到了之後，牌角齊全，自不能坐著等飯吃。因之主婦就預備了兩桌牌，請大家消遣。來的客人一共七位，加上青萍一個，正好湊足兩桌，外面的堂屋和書房各安頓了一場牌。

西門太太是不斷的在兩間屋子裡，進進出出，招待客人。有時自也站在戰友後面看上兩牌。她在看到人家和個萬子一條清龍的時候，忽然有個感想：從前人家打牌一萬號叫財神，九萬叫大財神，若是論到九萬元，就可以稱大財神的話，那自己是不知道已賽過這大財神多少倍了。這樣想了，她就不能放下心去看牌，悄悄的走回臥室裡去，先掩上了房門，然後把箱子開啟，將幾家銀行裡的存摺，都拿著從頭到尾將數目字看了一遍，心裡一面計算著數字，一面又想著：縱不利用這些錢去作生意，就是拿去存比期，也可以有個相當的子金數目。心裡這樣想得高興，這幾個銀行存摺，也越看越有味，便拿了躺在床上，再看著細細的計算一番。想到許多數字是盧比票子換來的，便想到西門先生帶回來的幾張盧比，頗也有趣。還有那個小金元，拿來作個裝飾品，也是重慶市上少見的東西。心裡這樣想著，這就不免再去開啟箱子來玩弄賞鑑一番。

剛開啟箱子，把盧比票子拿到手上，便聽到黃小姐在隔壁屋子裡叫道：「師母，快來快來，你看我這牌！」西門太太因她叫得太急，便隨手蓋攏了箱子，立刻跑到外面屋子來看時，青萍還沒有取牌，面手上的牌就聽了。不過聽的是邊三筒，比較難和一點。她手扶了十三張牌，回轉頭來笑問道：「我報聽不報聽？」西門太太笑道：「為什麼不報聽？你若是自摸了，加上門前清，不求人，缺一門，你也滿了。你趁著這幾天的十二分喜氣，沒有個不能和的。」青萍聽了這話，果然按下牌報聽，可是牌轉了六七個圈子，始終沒有三筒出現。西門太太急的了不得，眼望了桌上的牌，不肯離開，直等她這牌居然和了個滿貫，她才笑嘻嘻的進房去。這才想著，自己太大意，把那些銀行存款摺子，都弄在床上，不曾收起來，若是讓別人看了去了，卻是犯了「財不露白」這一條款。趕忙爬到床上，要把這些摺子收起來。可是向滿床一看，並沒有一個銀行存摺。掀開被來，掀開枕頭來，依然沒有。她想落在床底下了嗎？爬在樓板上，伸著頭向底下看去，還是沒有。

她坐在床沿上，呆呆的想了一下，這就奇怪了，進這屋子，非由外面屋子穿過不可，許多人打牌，並沒有看到有一個人進來，莫非有人由樓窗子裡爬進來不成？於是爬到窗子邊，手扶了視窗探頭向窗外的牆角看去。這下面是個小山坡，相距視窗很遠，不會有人爬得進來。其他一面的窗子，卻是玻璃窗，關得緊緊地，更不會有人進得來。她這就想著，這事真奇怪，難道這幾個存摺，會飛去不成？她坐在床上沉沉地想，究竟想不出來這幾個銀行存摺，是怎樣丟去了的，想來想去，覺得還是把這些東西丟在床上，於是二次掀開被縟，重新再找一遍，但依然還是沒有。這就想著，這必定是人家拿去了無疑，雖然所有的存摺都是往來帳，另有支票拿錢，然而這些東西都落到人家手上去了，那究竟是個麻煩。還是看支票簿子在箱子裡沒有，若是支票簿也丟了，那才糟糕呢！

這樣想著，她才起身去開箱子。她手觸著箱子蓋的時候，見箱蓋雖然合上的，卻是不曾鎖，她大大的嚇了一跳，脊梁上冒出一陣汗，立刻掀開箱蓋來，見所有幾個存摺，和幾張盧比票子，都放在衣服上面。這不由她自己不「噗嗤」一聲的笑了出來。自己忙了半天，原來是自己送到箱裡來了。記性真壞，一轉身的事情，就不記得了。於是她把東西重新檢點一番，並沒有什麼遺失，才放下了這顆心，將箱蓋闔著，把扣在鈕釦上的一把鑰匙，取下將鎖鎖好。但她立刻想著，不要匆匆忙忙，開得箱子太急，又把什麼東西遺落在外面，便將鑰匙開了鎖，第二次開啟箱子再檢點一遍，才安心將箱子蓋好。

這時，那位也是在得意情景中的黃小姐，卻又在叫喊了。她道：「師母，快來快來，我這手牌起的更要好，快來看！快來看！」西門太太口裡雖然答應著，但是她心裡可在想著，不要又為了看牌，自己再發一回神經病，還是坐在床上對箱子看著出了一會神，方才走出去，站在黃小姐身後看她的牌，並沒有神奇之處，因笑道：「哪裡有什麼再好的牌？若是比那牌還好，你一起上手就該和了。」青萍笑道：「我不騙你，你怎會出來。外面牌打得這樣熱鬧，你一個人躲在房間裡幹什麼？在那裡數鈔票嗎？」西門太太覺得這話說中了她的心病，紅了臉，感到不好怎樣了去回答。牌桌上一位張太太，就代她答覆了，笑道：「這個日子數鈔票，那是紙菸店小雜貨店老闆的苦買賣。發了財的人，如今是不看鈔票的。至多看看美鈔，或盧比，那就了不起了。」這話又說中了西門太太的病。她想著，難道我在屋子裡的舉動，她們都看到了？以後自己要慎重一點，不要一舉一動，都讓他們看見了。她心裡這樣猶豫著，自然沒有把話說下去。只是怔怔的看了桌上的牌。打牌的人，自是不會把閒話當了正題，說完也就算了。

西門太太將牌看了半圈，不知何故兀自站立不住，搬了一把椅子放在青萍後面，也只坐了五分鐘，又離開了。她首先是到廚房裡去，看看這酒席作得怎樣了。可是她在廚房門口站站，見酒館廚師的上下手，正在忙亂著。她想，這是不便再攪亂人家，便遠遠的站住。但她看到自己家裡的傭人，也在廚房裡進出參觀，她想著自己倘若走進廚房，有些不成體統。有錢的太太溫二奶奶就是個例子，她幾時到廚房裡去過呢？自今以後，要端出一點闊太太的排場來才好。要不然，就不能和自己手上那些錢相配合了。她這一轉念，立刻感到不能再站一秒鐘，便轉身出來。她經過樓下的走廊，看到院子裡陳設的那些新運到的花木，猛然間引起了自己的興趣。她想著，錢實在是好東西。有了錢，一座荒山，不難立刻變成一片森林。我們這位博士，從前就胡扯過一些什麼清高淡泊的話，人家也相信了，對他那種扯淡的話，亂恭維一陣。若真是照著他們那種恭維話幹下去，我們還能在重慶住這樣好的洋房子嗎？你看，這位房東錢太太，以前多麼厲害，恨不得我們立刻搬出去，如今不但歡迎我們住著，還讓我們整個院子都占了。

於是她一面想著，一面走到茶花盆邊，就近看那茶花，紅是紅，白是白，開得那麼鮮豔。就隨手摘了一朵，送到鼻子邊嗅了一嗅。她這又有了一個感想了，從前在花攤子上，看到賣茶花，隨便買上一枝，拿回來一看，卻是假的。原來是一朵花，插在一枝冬青樹的枝上，並非生長在上面的，就想著什麼時候，自己也買盆鮮茶花，放在家裡擺擺。如今不但可以買一盆，而且買了幾十盆放在這裡，這不都是有錢的好處嗎？以後我們博士再要翻幾個身的話，憑現在的資本，那數目就可觀了。她想到這裡，只管將花在鼻子尖觸動著，不住的微微發笑。正好青萍由樓上跑下來，遙遠地看到她一人呆站在這裡發笑，就走向前來挽住她一隻手道：「師母，你真是高興，怎麼一個人在這裡發笑？」西門太太將這朵茶花，塞在她鈕釦眼裡。笑道：「這樣就更漂亮了。亞英的魂魄，都會被你吸引去了。」青萍笑道：「不知怎麼著，這兩天我看到師母，也是特別漂亮了。」西門太太伸了手，輕輕在她臉腮上掏了一下，笑道：「你這小鬼頭，打趣我。」青萍道：「我並非打趣師母，這是真話。有道是人逢喜事精神爽，精神好，自然就顯著年輕了。」西門太太笑道：「這句話你又是自己替你自己說了。你才有喜事，我有什麼喜事呢？我問你，你也是太高興了吧？好好的放著牌不打，跑下樓來幹什麼？」青萍笑道：「師母猜猜，我下來作什麼？」西門太太道：「那必是錢輸光了，那要什麼緊，無論輸多少，我回頭給你付款就是了。」青萍道：「這個自不成問題。你看桌上都是些生人，欠帳總不大好，昨天我想著，到老師這裡來，用不著帶錢，所以……」西門太太不等她說完，搶著道：「這還成問題嗎？」口裡說著，手就伸到腰裡去掏錢，順手帶出來就是一大疊十元關金票子。她不但不數，而且還是不看，就塞到黃小姐手上道：「你先拿去輸，輸完了，我再上樓拿給你。」青萍接了錢，自不免問是多少。西門太太笑道：「你沒有聽到剛才張太太說過嗎？現在數鈔票是小紙菸店裡老闆的苦買賣，你現在就花我幾個錢，我也不能去計較，何況你也不會花我的錢？你拿了我的錢，你還會少還了我嗎？去吧去吧，別耽誤你的好牌。」說著兩手扶了她的肩膀，輕輕向前推著。

青萍雖是走去了，心裡可就想著，這位太太雖是向來有點馬虎，但是在銀錢上卻不肯隨便。看她這兩天的情形，簡直是不知道有了錢怎樣去花，不知道究竟發了多大的財？青萍心裡想著，在走上樓梯半中間，還回頭向西門太太微微的笑了一笑。這一笑，西門太太受著以後，感到有點譏諷的意味，便追上兩步問道：「黃小姐，你要向我說什麼？」青萍答道：「不說什麼，上樓來看牌吧。」說著話，她已走盡樓梯上樓了。

西門太太這就想著，這傢伙是個人精，眉毛會笑，眼睛會說話，到了她真向人笑，真正向人說話的時候，那意思就要更深一層，你得在笑和說話以外，細心去揣度她的意思。西門太太跟著青萍走去，扶了欄杆，走一步，慢一步，最後她就站在半樓梯當中，看了院牆外面露出來的一帶青山影子，只管出神。在站了十幾分鐘之後，牌場上的笑聲，把她驚悟過來了。她忽然想著，我是在這裡作什麼的？上不上，下不下，站在樓梯正中。今天家裡這樣多的客，自己不要太不能鎮靜了。這附近的鄰居，大概都知道我家發了財，這必需要裝著像往常過日子一樣，方才免得人家議論。別人對我的看法怎麼樣，我還不知道，若以亞英和青萍的言語看起來，好像是嫌著我有點興奮得過火。那麼，自己還是持重點的好。

這樣想著，她立刻就覺得鞋子上像加了兩塊鐵板，步伐固然是移動得慢，而且整個身子也像搬移不動似的。這時內外兩間招待客人的屋子，正為麻雀牌的酣戰空氣所籠罩，卻沒有人注意她的樣子。她在每個人的後面，略站一站，或者參加一點發牌的意見。有時也坐在人家身後，燃上一支紙菸，兩個指頭夾著放在新塗著英國口紅的嘴唇裡，抿上幾秒鐘，便噴出一日煙來。那菸還真是像放箭一般的射著，覺得這才可以表示她心裡沒事，而表面也甚為悠閒。其實她這分悠閒，是她感覺如此。她始終沒有在哪一位戰友後面看過兩牌。在差不多把兩桌牌友的牌都看過以後，她又發生了一個新的感想，平常看牌，只是一個人永久坐定，也不過偶然掉換一下位置而已。這時這樣走馬燈似的走著，不又失了常態嗎？她這樣一想，便耐心坐在青萍後面看了兩牌。但她心裡卻在計劃著，她新得的資金，要怎樣去運用。她覺得暫留一個整數，交給博士去經營，而可以提出一筆款子來，置地造房。這款子應該是二十萬呢？還是三十萬呢？以當前的物價情形而論，二十萬元足夠造一幢精緻的洋房。但是屋子裡面的陳設，要闊氣一點才好，那麼還是三十萬吧。她心裡下了決斷，是用去三十萬。而口中也就情不自禁地喊出來三十萬。正好青萍手上在作筒子條子的缺一門，見萬子就打，恰恰打出一張八萬。而她又並沒有作聲。西門太太所說的這句蘭十萬，好像是代她發言了，牌桌子上的人都不免驚訝起來，三十萬，哪裡有這樣的怪麻雀牌？大家全是這樣疑問著，不約而同向黃小姐和西門太太兩個人望著。

黃小姐始而還不理會，及至大家望了她，這才想起來了是個笑話，因回頭望了西門太太道：「師母，這是你教我打的牌嗎？哪裡有三十萬的一張呢？」西門太太被她坦率的一問，才知道兩件事誤打誤撞混到了一處，笑道：「你打了一張八萬，一張七萬，一張三萬，共合起來……」她一面說著，一面想著，才發覺這個演算法不對，七八一十五，加三共是一十八萬，二十萬還不滿，怎麼會是三十萬呢。便接著笑道：「我也不過隨便的這樣誇張一下，誰還仔細的算著嗎？」還是那個喜歡說話的張太太道：「黃小姐，你跟著你發財的師母學學吧。銀行裡存款的數目字，越來越大，眼面前一切用數目字計算的東西，都跟著大了起來。就是牌上刻的字，一萬二萬嫌不過癮，也得二十萬三十萬！」滿桌的人隨了這話，都笑起來。女主人自己也奇怪，今天越是矜持，越是出漏洞，真教人怪難為情的。所幸女傭人通知酒席業已辦好，這就請牌友停戰，忙碌著應酬一番，把這事就混過去了。

女客吃飯，並不鬧酒，結束得快，到了下午繼續著竹戰，卻把女主人為了難，還是繼續的看牌呢，還是另到一個地方去坐著？若到另一個地方去坐著，沒有人招待客人。坐在這裡看牌呢，又不住的鬧笑話。因之坐在牌桌外的另一把椅子上，不住的嘻嘻地笑。而且為了興致很濃，在席上也喝過，兩杯酒，這便現得臉腮上熱烘烘的，屢次抬手去摸臉。這個動作久了，自也引起人家的注意。牌桌上的人，不便說是她喝醉了，客人只回頭去看著她。她心裡又慌了，便想著：是我有什麼可疑的地方嗎？為什麼大家全注意著我？這就裝著坦然無事的樣子，慢慢走到自己臥室裡去。但到了臥室裡，一眼看到那日鎖著銀行存摺的箱子，心理上又起了一個變化。坐在椅子上，對那箱子設想一下，洋樓、汽車、精美的家具、鑽石、珠寶、華麗的衣料，已往所想像不到的東西，這箱子都可給我一個很確實的答覆。不但如此，戰後到南京住宅區，蓋一所新奇的洋樓，比住宅區原來什麼立體式的、羅馬式的、碉堡式的、中國宮殿式的，都要賽過他們。或者到北平去，在東城去買一所帶花園的大住宅，這麼一來，後半輩子就不成問題了。這是從哪裡說起，不想在抗戰之中，倒把自己一輩子生活解決了。博士常常勸失意的人，「塞翁失馬，安知非福。」這樣看起來，倒不是虛無飄渺的空心丸，人生真是有這個境遇的。想到這裡，真覺有一股遏止不住的快活滋味，由心窩裡直衝頂門心。自己也就嘻嘻的笑了起來，自己沉靜著，想了一會，想不到博士跑一次仰光，就弄得了許多錢。三年以來，跑仰光海防香港的人多了，雖不曾聽到說有什麼蝕本的，可是賺大錢的人，究竟沒有幾個，博士短短的日子，跑這麼一趟，會賺上這樣多的錢，這不要是作的一個夢吧？

一念是夢，便有些放心不下，於是她開啟箱子來，緊緊地靠了箱子站著，把原放下的存摺存單，一張張的拿起來看看，將單上填的字從頭至尾看了一遍，實實在在的，鋪在白紙上並沒有一點彷彿。她不覺自言自語的道：「真的一點也不假。」這倒有個人插言道：「誰說了什麼是假的呢？」她回頭看時，是西門博士回來了。這還是她第二個感覺，便是聽到有人答言，已很快地兩手把箱子蓋起來了。回頭瞪了他一眼道：「冒冒失失的走了來，倒嚇了我一跳！」博士笑道：「這也要算我第一次聽到的事，先生走進太太的臥室，也就是自己的臥室，還必須來個報門而進？」說著，他走近前來，也掀開箱蓋來看了看，笑著指了她低聲道：「你又把這些存摺拿出來看，看了，這還能看出什麼東西來嗎？老看著是什麼意思？」西門太太道：「我在家裡仔細想著，把款子存在銀行裡，把資金凍結了，那不是個辦法。」西門德笑道：「你和銀行家的夫人在一處混了幾天，就曉得了這些行話。這根本談不到什麼資金，也不會凍結，你在家裡請客呢，丟了兩桌打牌的人，悄悄的在屋子裡算存款，我看你有點神經。」

往日博士要把這樣重的言語說他夫人，夫人是不能接受的。這時，她倒承認了丈夫這句話，低聲笑道：「我真有點讓這些款子弄得神魂顛倒，莫非我沒有這福享受嗎？我看人家二奶奶有那麼多錢，天天還在漲大水一樣的漲，她也毫不在乎。」博士看看太太那帶了七分笑，兩分憂愁，一分驚恐的面色，倒有些可憐她，便笑道：「別在這裡發愁了，等著牌散了，我們和青萍一路過江去，你可以看看電影，逛逛拍賣行，先輕鬆輕鬆，也好轉轉腦筋。」西門太太笑道：「你看這不是怪事，我在街上走，心裡就老惦記著家裡。可是到了家裡，又沒有什麼事。」西門德哈哈笑道：「這是笑話了。難道從今以後，你就永遠守在家裡不出門了嗎？」她坐到桌邊椅子上，手按住了桌子，像個出力的樣子，要把今天弄的這一大疊笑話都說了出來。她突然一轉念，就是讓丈夫看輕了，那也不好。男人不能有錢，有了錢就要作怪。作太太的總別讓丈夫看輕了，尤其是丈夫得意的時候，應該表示著比丈夫還不在乎。她這樣想著，就依了西門德的提議，悄悄的到牌桌上，告訴了青萍：亞英也來了，午後同路過江去。青萍輸了幾個錢，原沒有介意，打完了，以大輸家的資格表示停戰，其餘三家自無話說。另一桌也因主人並沒有留大家吃晚飯，自也跟著散場。西門太太將女客一個個的應酬著走了，到了屋子裡，就向小沙發上斜躺下。西門德看她人既不動，話也不說，顯然是累了。心裡雖想著：好端端的請什麼客，這不是活該嗎？可是他也沒有直說，向她微微一笑。

亞英和青萍這時對坐在隔壁屋裡椅子上。亞英覺得黃小姐那一分美麗，隨時都在增漲，真是越看越有味。想找兩句話和她說，一時倒不知從何說起，又因主人主婦，全不在屋子裡，而且隔壁送出博士嘻嘻的笑聲，覺得他們今天實在是太高興了，便笑道：你老師家裡，今天有什麼喜慶大典吧？我們似乎應當表示一點敬意才好。」青萍道：「我也摸不到頭腦，正要問你呢。你和他們家作了很久的鄰居，應該比我還知道。」亞英笑道：讓我來想想。」於是他搔著頭髮低頭沉思了一會。這時西門德口銜了雪茄，臉上抑壓不住心裡發出來的笑，踱著緩步走出來。正要偷看這一對未婚夫婦的態度，把兩人的話聽了一半，因笑道：「什麼喜慶事也沒有，我太太有這麼一股子勁，忽然想到要請客，才覺過癮，她就請客。不過這在先生支出的帳上，多付出一些款子而已。」

亞英知道博士夫婦的脾氣，有時先生站在上風，有時又是太太在上風，但站在上風的人，又很容易的落到下風。今天太太在高興頭上，博士迭次站在上風，截至現在酒闌人散，西門太太已感到疲乏，高興的高潮，業已過去，這就應該煩膩了。博士自己也是在高興頭上，還只管向夫人加以批評，可是在旁觀者的眼裡，此風也不可長了，於是把話題撇開來，笑道：「過江去，我還有點事，假如博士和太太要過江的話，我們就走吧。」西門太太這就在屋子裡隔了門插言道：「你二位請便吧。我有點不舒服，我不能勞動了。」

青萍聽到說師母不能勞動，便跑到裡面屋子裡來探望，見她斜躺在小沙發上，兩手十字交叉的放在胸前，微微的閉了眼睛。看那樣子實在也是疲倦的不得了，因握了她的手筒問道：「師母還是喝醉了吧？」她是微閉著眼的，這就微睜了眼睛，笑道：「吃過飯都兩三個鐘點了，要醉我早就醉了，還等著現在嗎？我四肢無力，也說不上是哪裡有病。」說著，打了個無聲的呵欠，伸著半個懶腰。可是她坐在椅子上，動還不曾一動。青萍道：「那麼我們就先過江了。明天我們在溫公館會。」西門太太點點頭，並沒有說什麼。青萍告辭出來，向亞英丟了個眼色，這在他，比得著一道緊急命令還要感到有力，立刻起身向主人主婦告辭。

西門德並沒有要緊事過江，送著客人走了，就回房來看太太。見她還是那樣躺著，就笑道：「不要真的累出病了。」她笑道：「什麼道理，好好兒的會病了，我是北平土話所說，這是錢燒的吧？」西門德笑道：「不要讓外人聽到了笑話，我們這才有幾個錢呢？就會把人燒病了。」西門太太笑道：「真有那麼點。這個地方，雖然在江邊上，對面就是重慶。可是這裡是山上，人家很稀少，晚上治安有問題。依著我的意思，我們搬到城裡去住吧。不過城裡也不好，我又愛制點東西，倘若有了空襲，縱然有好防空洞，也不能把東西搬到洞子裡去。最好是找一個治安很好、而對空襲又安全的地方……」西門德不等她說完，靠了她旁邊的椅子坐下，拍著她肩膀笑道：「最好是進城又便利。」西門太太將他的手一推，撇了嘴道：「你想，誰又不作這樣的想頭？你不要和我說話，讓我自己靜靜的在這裡安息一會。」博士見她將兩手高舉，抱了頭斜躺在椅子上，又閉了眼睛，便也不再打攪她，悄悄的走了出去。

西門太太雖是閉了眼睛的，心裡總還在想著這個地方，人家太少，總怕有點不安全。她慢慢地想著，慢慢地有點模糊不清，忽然看見搶進來幾個彪形大漢，拿棍子的舉了棍子，拿馬刀的舉了雪亮的大馬刀，不由分說，將自己圍了。其中一人，像戲台上扮的強盜，穿著紅綠衣服，畫了個綠中帶紫的大花臉，將一支手槍，對了她的胸膛，大聲喝道，「你丈夫發了上千萬的國難財了，家裡有多少錢，快拿出來！」她嚇得周身抖顫，一句話說不出來。那花臉道：「快說出來！要不，我就開槍了。」她哭著道：「我們沒有現錢，只有銀行存款的摺子。」綠花臉後面，又有個黑花臉道：「你還有金珠首飾呢？」她嗚嗚的哭著，還沒有答覆出來，又有人道：「哪有許多工夫問她的東西，無非都在這幾隻箱子裡，我們都扛了去吧。」只這一聲，這些彪形大漢，鬨然一聲，亂扛了箱子就跑。其中有兩個人，卻找來了一串麻繩，將她像捆鋪蓋捲兒似的，連手帶腳，一齊縛著，周身一絲也動不得。她眼見那些人奪門而去，心裡要叫救命，口裡卻無論如何也叫不出來。急得眼淚和汗，一齊湧流出來。

西門太太在又急又怕當中，越是喊叫不出來，越是要喊叫。最後急得她汗淚交流的時候，終於喊出來了，「救命呀，快快救命呀！」她喊叫之後，立刻有人喊道。「怎麼了，怎麼了？」她聽出了那聲音，是博士說話。睜眼看到博士平平常常站在面前，立刻跳向前抓住他的手道：「嚇死我了。」她一面說著話，一面望著四周，見自己屋子裡一切都安好如平常，大概天是昏黑了，電燈正亮著，其次是剛才那幾個花臉所搶去的箱子，好端端的還在那裡，自己身上沒有一點傷痕，更也不曾被一根繩索捆綁著。凝神想了一想，原來是一個夢。

西門德將她的手握住，看了她的臉，見她臉上紅一陣，白一陣，口裡只管喘著氣，兩道眼光也呆呆的。這倒嚇了一跳，莫非她真個瘋了。依然握著她的手，連問她怎麼樣了。她自己已經醒過來四五分鐘，才轉了眼珠笑道：「沒事，我作一個惡夢。這夢真怕死人，你摸摸我心裡還在卜卜的跳呢。」西門德真個伸手在胸口上摸了一下，隔著好幾件衣服，還可以感觸到她心房卜突卜突一下下的跳。便笑問道：「坐在椅子上，你就會作夢了，夢了些什麼，可以告訴我嗎？」她似乎感到夢裡那些紅花臉，還有藏在窗戶外的可能，便回轉頭去四面觀望著。

西門德拉了她同在床沿上坐下，依然握了她的手，笑道：「現在只六點多鐘呢，屋子裡外全是人，不必害怕。」西門太太因把夢裡所見的事，全告訴了他。西門德打了個哈哈道：「你以為你夢見的是強盜嗎？那有個名堂的。」她問道：「這是主吉，還是主凶？」他笑道：「我是研究心理學的，我不是算命卜卦的，我可不會圓夢。」她道：我和你說正經話，你又胡扯。」博士笑道：「我並非胡扯，根據心理學來說，你夢裡所夢到的，乃是錢魔。」她還沒有了解這句話的用意何在，因望了他問道：「什麼叫做錢魔？」博士笑道：「你瞧這兩天，你就為了有幾個錢，坐立不安，弄得神魂顛倒，越來越凶，索性鬧得白天坐著也作起夢來，總而言之一句話，這是幾個錢在那裡作祟。所以夢寐裡，也是那幾個錢，名正言順的，那就該叫做錢魔了。不把這幾個錢弄的……」說到這裡，他笑了一笑，沒有把話說下去。她將博士的手一捽，站了起來道：「人家作惡夢，你不安慰安慰我，還要把話打趣我，把幾個錢弄光了，是窮了我一個人嗎？」西門德等太太捽了手，他還覺得手掌心裡溼黏黏的，不用說那是太太手上的汗了。他怔了一怔，覺得太太的行為雖是可笑，究竟還是可憐，也不忍再說什麼了。他握了她的手，輕輕撫摸著她的肩膀笑道：「你不必害怕，明天我就設法到城裡去找房子。」她搖搖頭道：「那也不好，霧季快過去了，以後免不了常鬧警報。」西門德道：我自然會在琉建區去想法子，我不要性命嗎？以前對付著過日子，死了拉倒，沒有什麼想頭。如今多少可以混個下半輩子了，我有個不願活著的嗎？她這才有了笑容，低聲道：「這個地方房子外面多空闊，你說些大話，讓人聽了可不是鬧著玩的。」

西門德看她這情形，知道她立刻還不容易由魔窟裡逃出來，若繼續談錢的事，只是給她一種神經上的刺激，便攜著她的手，引她到外面屋子來，笑道：「你在椅子上好好休息一會，我還有兩封信要寫，寫完了信，大家早點兒睡覺。今天這一天的忙亂，不但是你累了，我也夠累了。今天亞英和我出去散步的時候，告訴了我許多對於青萍的事，很有趣味，回頭我告訴你。」說著，他就向辦公室上去寫信。

速魂陣

西門太太在沙發上坐不到十分鐘，便又把剛才的夢境重新溫上了一遍。她想到那幾個大花臉子一跳就走進了屋子，彷彿是由欄杆上爬了進來的，平常不覺得這欄杆是可以爬上人的，夢裡何以有這個現象，也許有這麼一點可能吧？想到了這裡，就走出屋子來靠住了欄杆，先向下看看。覺得這裡到地下，距離到一丈二三尺路，四根柱子伸空落地，並沒有可搭腳的地方。再向樓下院子外的敞地看去，是一片陡坡，也不是可以隨便步行上下的地方。向著這些地方出了一會神，覺得夢境不可能與事實相符，便轉身向屋子裡走去。但剛一轉身，一眼看到院子右邊斜坡下，一叢青隱隱的樹影子，便又立住了腳，再向那邊注意看了去。慢慢的忖度著，覺得那棵樹不大，既然在陡坡上伸出半截來，料著這坡度不高，就找了一隻手電筒，走出屋子向四周照著。西門德大為驚異，追出來問道：「你晾的衣服丟了嗎？」她道：「沒丟什麼，我只是看看。」西門德雖是有點莫名其妙，覺得她反正是神經失常，心裡也就想著，看你幹些什麼？就不追著鬧了。西門太太足足照了十來分鐘之久，這才攙著先生回屋子裡來。西門德也不寫信了，坐在椅子上，回轉頭來向她注視著。

她坐在小沙發上，架了腿，兩手抱住膝蓋，似乎有點吃力，眼望了牆壁上掛的一軸畫，也正在出神。西門德道：「你剛才出去找什麼東西？可是看你那種情形，又不像要找什麼東西。」她回頭看了看房門，這才笑道：「我越看這屋子，越感到不怎麼安全，所以我出去觀察了一下。我覺得那棵小樹的斜坡上，有爬上賊娃子來的可能，所以我又拿手電棒去仔細照了一下。」西門德哈哈大笑，笑得將手輕輕的拍著桌子。他太太望了他道：「你笑什麼？」博士笑道：「我笑什麼？我笑的還不是我本行？我若還去教心理學，關於心理變態這一層，我就可以舉出不少的實例來。」西門太太瞪了眼道：「我無非是加一層小心，免得大意了出什麼亂子，你以為再過窮日子，是我一個人的不幸嗎？」她說著一賭氣，到臥室睡覺去了。

西門博士沒有去理會她，再寫他的兩封信。寫完了信，看看鐘，時間雖早，但經過了一天神經緊張的紛擾，也說不上什麼緣故，很覺得疲倦，這就進屋睡覺了。他見太太在床上蓋著棉被，蜷縮了身子朝裡，一點聲息沒有，總以為她已經睡著了，也就沒有去驚動她。不想剛一登床，她就突然的坐起來了，看她的面色很是緊張，並沒有什麼倦意，因問道：「你還沒有睡著嗎？」她一點也不睬，抓了床欄杆上的衣服披在身上，踏著鞋子，就向外面走去。西門德以為她是要喝口熱茶，或者是取支菸卷抽，這就昂了頭向屋子外面道。「紙菸火柴都在裡面呢。」但她依然向外走，並不答話，繼續的聽到她開外面屋子的門，而且腳步也走出去了。這倒讓博士嚇了一跳，立刻跟著跑了出來，鞋子也沒有來得及穿。到外面屋子裡時，西門太太卻已由走廊回到了屋子裡。西門德道：「你跑出去幹什麼?仔細著了涼，你還是不放心院子裡那塊斜坡嗎？」她只看了他一眼，並沒有什麼話說，接著又去關房門，關好了房門，搭上了搭扣。她還怕不穩當，又端了把椅子將房門來頂上。其次，便是將兩處窗戶審查一下，果然有一處窗戶不曾扣上搭鉤，總算沒有白看。她搭上了鉤子，還用手把窗戶推了一推，果然扣得很緊，不曾有些移動，這才回到裡面屋子裡去。

博士也忘了沒穿外衣，呆呆的站在一邊，看著等她把這些動作做完了，這才明白，原來她還是受到那個惡夢的影響，不能安心，自己來檢點門戶。心裡這就想著，這位太太並不是可笑，簡直是可憐，想不到自己跑了一趟仰光，弄了並不算太多的錢回來，一點享受沒有，卻把她鬧得神魂顛倒，已成半個瘋人了，若不設法加以糾正，家庭一定會演一幕很大的悲劇。要怎樣才可以糾正她呢？心病還要心藥醫，最好是讓她不為所有的錢財擔憂。博士是個心理學家，書唸的不少，他總不致於利令智昏。看到她太太為了錢受罪，心裡也不免有點悔悟，為了窮而經商，那不過為勢所迫，暫時另走一條路線，實在沒有想著借這事發財。現在剛剛有點發財的路徑，太太就是這樣神經失常。若是自己運用了這些資金，再翻個兩翻，不用說太太一定會瘋，自己為瘋人所騷擾，這日子也談不到什麼享受。亡羊補牢，猶未為晚，從今日起應該把發大財的念頭打斷才好。可是這話對太太說不得，說了又會給她一種刺激。心裡有了這麼一點轉變，說也奇怪，立刻就覺得身心上輕鬆得多。

次日，西門德早上吃過了早點，架著腿坐在沙發上，很安閒的捧了報紙看。看完了報，又在書架上把久違了的書本整理一番。然後抽出了一本，躺在睡椅上看。除了燃了一支雪茄銜在日裡，而且在手邊茶几上擺了一壺熱茶，這就擺下了一個長久看書的局面。

西門太太在白天裡，神智就要清楚些，加上這日雲霧很輕，略微露出一點太陽的黃影子，精神更好了一點。在屋子裡化了妝出來，看到博士一手高舉了書，擋著面孔，一手兩指夾了雪茄，在椅子扶手檔上只管敲著菸灰，看那樣子已是看書看出神了，便道：「你好自在呀！難道今天一點事都沒有嗎？」西門德把書放在胸前，望了她道：「自從回重慶以來，天天都緊張的不得了，今天要盡量輕鬆一下。」她道：「那麼，你不打算過江去？」西門德道：「沒有什麼事，過江去幹什麼呢？除了花錢，上坡下坡也吃力得很呢。」她坐在他對面椅子上「咦」了一聲道：「你真是覺得輕鬆了。亞杰由公路回來，也遲不了幾天，他來了，又是車子，又是貨，你也應當預先籌劃脫手的法子。」西門德又閒閒的把書本舉起來，笑道：「我當然有成竹在胸，根本用不著你忙。難道我們那些貨，還有滯銷的道理嗎？至於車輛，那根本不成問題。虞老太爺和我介紹的前途，就怕車子到晚了。現在車價雖不是天天漲，也是每個禮拜漲。他付了定錢，他不會退貨。他要退貨更好，我的車子到了，可以賣新價錢。」西門太太道：「就是你不過江去，我也要去一趟看看，下午再回來。」博士道：「昨天勸你過江……也好，我給你看家，你放心去玩半天吧。」這話，太合她的意思了，便笑道：「你在家裡坐得住嗎？可不能鎖著門溜出去。就是有朋友來約你，也不能去，必須等我回家來，你才可以走開。還有一層，我不在家，你不能胡亂開我的箱子。」話說到這裡，博士覺著她又走入魔道了。瘋子和醉人都是不能撩撥的，越撩撥他就越瘋、越醉，因之他把書向上一舉，又擋住了臉。

西門太太倒也不再來麻煩，進屋去又收拾了一次，把箱子上的鎖，也點驗了一次，方才走出。但她走出房門去以後，卻又回轉身來望了博士道：「你要言而有信，千萬不能走開。」博士也極願耳根下圖個清淨，站起身來，臉上沉重著，深深的點了頭道：「你儘管放心閒散半天吧，我會在家裡好好的給你看著家的。」她回頭看到天氣好，四周是光明一片，這就給她壯了不少膽子，也就放心過江。自然第一個目的地乃是溫公館。二奶奶還是起床未久，蓬了一把頭髮，披了件羔皮袍子，踏著拖鞋，架著腿，坐在沙發上，捧了份報在看電影廣告。她仰著黃黃的面孔，望了西門太太道；「好早啊，就過江來了！」西門太太在她對面椅子上坐下，笑道：「兩三天沒有看見你，怪惦記的，特意來看看你。」二奶奶笑道：「這總算你不錯，雖然先生回來了，還記得我，來看我一趟。吃了早點沒有？」溫二奶奶手邊下茶几上放了一杯清茶，一碟西式點心，又是一杯牛奶，另外還有一隻小碗，盛著濃濃的一杯牛肉汁。關於這些，完全是原封未動，只有那清茶是淺了三分之一。西門太太笑道：「這許多補品，你可是一項也沒有動。」二奶奶道：「都是這些傭人混蛋，糊裡糊塗，一齊捧了來，你想誰能一睜開眼睛就吃東西。」西門太太笑道：「這個我和你有點兩樣，我簡直就是睜開眼睛來就要吃，若不吃點東西，心裡感覺空得很。」她說了這話，才忽然想起今天匆匆忙忙的渡過江來，慌慌張張，正是不曾吃什麼，便笑了一笑。

二奶奶看到她那神氣，就明白了，笑道：「你這傢伙，也是三天離不開城市，在南岸住得久了，一大早就忙著過江來。必是把吃早點都忘記了。你要吃點什麼？讓廚房裡下碗麵你吃吧，先來點這個。」說著，她把那碟西點端著送了過來。西門太太兩手捧了點心碟子，笑道：「有這個就成。」二奶奶道：那麼，也來杯牛肉汁吧。廚房照例是給我預備兩份，一份是青萍的，這丫頭一大早就出去了。也是什麼東西都沒有吃。說時，有個女僕進來，二奶奶就教她端杯牛肉汁來。西門太太吃著點心笑道：「你待青萍真是不錯。」二奶奶放下了報，端起茶杯來，喝了一口，嘆了一口長氣道：「我是擒虎容易放虎難。」西門太太不覺放下了點心碟子，怔怔對著望了一下。二奶奶收住了常有的笑容，點著頭道：「這話是真的。」西門太太也就把話因想過來了，說道：「放心吧，她已訂婚了。」二奶奶道：「她和人訂了婚，你信她胡扯！」西門太太道：「真的，我和老德還是她訂婚典禮的見證人呢。」二奶奶道：「你說她的對手是誰？」西門太太就把那日在廣東館所遇見的事，詳細說了一遍。二奶奶道：「啊！是區亞英。照說，這個人的人品學問，甚至開倒車一點說，論門第，這都可以配得她過。只是這位小姐有點拜金主義的思想，區家所有的錢，恐怕不足她的慾望。亞英我還沒有見過，若照區家二小姐說，還不是那種極摩登的男子，和她的性情也是不大相合。」西門太太道：「我和老德也是這樣想。可是千真萬確，他們訂婚了。而且據青萍的態度看起來，似乎他們的感情還很好呢。老德說男女之間，一切的問題，都是很神祕的，也許他們會結合得很好。」

二奶奶沉思了約莫四五分鐘，臉上泛出了一片笑容，點著頭道；「不管如何，你這個訊息是很好的。稍等一會，我就要把這訊息告訴五爺，這麼一來，我就讓她搬出去，也就無所謂了。」西門太太道：「你以為你以先讓她住在你公館裡，你就能監視著她嗎？」二奶奶眉毛皺著，翹起嘴角來，笑了一笑，點著頭道：「我覺得很生了一點效力。不過青萍這丫頭，手段也不壞，她見了我，那一分小殷勤，真讓我拉不下面子來。怪不得這兩天一大早就出去，她是和亞英一路混著去了。」西門太太來的本意，原是想請教一點生意經，而這女主人一提起黃青萍，就說得滔滔不絕，只好陪著她說下去。

這時忽然溫五爺打個電話回來，問有一個應酬她去不去？平常有什麼應酬，她是懶得去的，這時她急於要去報告青萍訂婚的訊息，就答應著去，立刻著手化妝。西門太太問區家二小姐，說她又和林先生下鄉看老太爺去了。她一時倒不知找什麼女朋友是好。在溫家是很熟的了，她可以自由行動。二奶奶去化妝，並沒招呼她。她偶然想起青萍的行動，有點神出鬼沒，於是便想到她寄住的屋子裡看看。自己一掀那屋子門簾子，侍候青萍的那個老媽子就跟著來了，笑道：「黃小姐老早就出去了。」她這倒不好縮身回去，索性走了進來道：「她也許就會回來的，我在這裡等著她吧。」說著，在辦公室面前坐下，見桌上的墨盒蓋，並沒有合攏，玻璃板旁邊平放著一枝毛筆，已將銅筆套子套住了。因道：「咦！這位小姐今天還用上毛筆了。」女僕也進來了，笑道：「昨天晚上她就叫我去找毛筆的，晚上寫信寫到好大夜深，今天早上起來，她還寫著的。」

西門太太聽說，這倒有些奇怪，這種摩登小姐，向來是不大用毛筆的。今天為什麼用毛筆？用得這樣起勁？於是就凝神想了一想，偶然一低頭，卻看見地面上有兩張郵票。彎腰拾起來看時，卻又不是郵票，乃是兩張一元的印花稅票。便拾起來塞在玻璃板底下。女僕笑道：「掃地的時候，我拾起來放在桌上的，不想又落到地下去了。留著吧，二天交信，我還可以用用。」西門太太笑道：「你枉是在這大公館裡作事，連印花稅票都不認得，這個不能用來寄信，是貼在帳簿上發票上用的。」女僕道：「朗格交不到信？我今天看到黃小姐就巴了好多張在信上。」西門太太道：她是把這種印花貼在信封上的嗎？女僕道：「倒不是巴在信封上，是巴在信紙上的，好長一張信紙喲！」西門太太道：「那都是用墨筆寫的嗎？」女僕說了一聲「對頭」。西門太太這就想著：對了，必是她和亞英訂什麼條件，寫了這麼一張契約，訂婚還要另立張契約，這婚約就有點漏洞，那也難怪二奶奶說她的話靠不住了。

她沉沉的想著，女僕卻已走開。她很想了一陣，越信著青萍是和亞英訂立契約，而且這種契約，還貼上了印花，也可以想到形勢的嚴重。但為什麼有這樣嚴重的形勢？那倒是不可解，莫非她還和亞英贅上了一筆銀錢的關係？這就引動她的好奇心，於是她把這辦公室抽屜陸續的抽開來看。在第一個抽屜裡，這就有所發現了，乃是一張小道林紙上面，先用鋼筆列著幾行數目字，後來又用墨筆塗了。這幾行數目，還是算式，連加減乘除都有，旁邊有五個墨筆字相當的準確，那筆跡就是青萍的字。看那紙片上有裝訂的痕跡，很像是本子上撕下來的一頁。心裡想著，這孩子鬧什麼玩意，有工夫練習數學嗎？再翻抽屜，這裡是幾本小說和劇本，是她平常躺在床上找睡魔的，沒什麼關係。另外是一搭洋式信封信紙，都是乾淨的。西門太太心裡忽然一個轉念，這兩天我自已有些神魂顛倒，這就疑心別人也是和自己一樣了。這樣想著，伸手就把抽屜關上了。

就在關抽屜的時候，有一張字紙倒捲了出來，拿起來看時，是一張橫格的洋信箋，用鋼筆很潦草的橫寫了許多條款。提行的第一個字，都是阿刺伯數字，乃是由第五款起，寫著「訂合約之後，乙方先付全部貨款額百分之二十予甲方，於訂約後在兩星期內，須將全部貨品交齊，逾限一日，須賠償乙方損失費一萬元。一日以上，照此類推。甲方將貨交齊時，須於一星期內將全部貨款交清。」那張紙上，就是很草率的寫了這樣幾行。西門太太看了，覺得這是作買賣的人訂的合約，應該與黃小姐無關。黃小姐雖也喜歡和談上等生意經的人來往，但是她也不致於和人簽訂這一類的合約。就算她真起草合約，她哪裡又有什麼貨品交給人家，這大概與她無乾的了。她這樣的想著，就把那張稿紙扔了下來。

可是剛一扔下，她就連續的發生了第二個感想，那格子上的字，不也是青萍的筆跡嗎？看她寫的鋼筆字，就比看她寫的墨筆字多了。這合約的草稿，若是與她無關，她寫這種東西幹什麼？於是把這字紙拿起，就打算去報告二奶奶。但她剛一站起身來，又有了一個轉念，從前常常幫二奶奶忙，監視著青萍，那為什麼呢？無非是想得二奶奶的歡心，好讓她幫著自己發財。如今並不需要她幫什麼忙，又何必去壞青萍的事？坐著凝神了一會，就把這字紙隨便揣在身上。便在這屋子裡坐了一會，心裡再想著去找位女朋友消遣一下，免得回家去，又犯了坐立不安的毛病。這時老媽子卻隔了窗戶叫道：「西門太太，黃小姐來了電話，請你去呢。」她心想，青萍怎樣會打電話到這裡尋找。一接電話，才知原來是找二奶奶，主人已經走了，老媽子把話告訴她，她就找西門太太了。她在電話裡說，現時在一家銀行裡和兩位女職員談話，請她立刻就去，有要緊的事商量。西門太太問是什麼事。她又笑著說：「你來就是了，反正是有趣味的事。」

聽青萍在電話裡的笑聲，是很高興的樣子，西門太太便照著她的話，坐了車子去找她。在半路上自己省悟了，這有點荒唐，既沒有問青萍是和哪兩位女職員在一處，又沒有她要到銀行裡什麼地方相會，難道到銀行櫃檯上去問黃小姐嗎？可是她雖悶著這個難題，到了銀行門口，青萍就替她解決了，她正站在銀行門口，老遠的就笑道：「師母你真來了，我倒有點荒唐，我在電話裡並沒有告訴你在哪裡找我，我想，這不是和師母開玩笑嗎？這麼大一所銀行，教你到哪裡去找我，我得向師母告罪，所以我就親自到門口來等著你了。」西門太太笑道：「我也不會到處撞木鐘，找不著你，我自會回去的。」她一面說著話，一面向裡走。青萍道：「用不著再進去了。師母，你陪我到拍賣行裡去走走吧。」西門太太道：「你不是說有要緊的事和我商量嗎？」青萍笑道：「約你來走走拍賣行，那就是要緊的事。」說著，她將手錶抬起來看了一看，又對著街兩頭張望了一下。西門太太道：「你還要找誰？」她笑道：「我想找兩部比較乾淨的車子坐。」如此說著，又抬起手腕看了一下表。西門太太道：「你若是等人的話，我們就到銀行裡面去坐坐。」這時，青萍似乎看到了什麼稀奇東西，臉上有點吃驚的樣子。但她立刻又鎮定了，卻拉了西門太太的手道：「我們走吧。」

西門太太也不知道她時而停，時而走，是什麼用意，只得沿了街邊人行路走著。約莫走了七八步，卻有個人由身後快走到前面，摘下了帽子向青萍深深的點了個頭。她也微笑著點點頭，看那樣子是她的熟人了。西門太太就閃後一步，意思是讓他們去說話。只見那人約莫三十上下年紀，穿了一套極漂亮的花呢西服，西服小口袋上露出一截金錶鏈子，拿帽子的手指上，也還套著一隻亮晶晶的鑽石戒指。現在西門太太自己也有這東西，自不會像以前看見這東西就十分羨慕。但別人帶了這東西，那就可以證明人家是和自己一樣的有錢了。因之很快的打量那人一眼之後，也就想到他會是青萍的好友。青萍也向後半掉轉身來，向西門太太道：「這是我師母，西門太太。」那人也就很恭敬的鞠了一個躬，自我介紹著說，他是曲芝生，青萍就插言道：「曲先生是大光公司經理，他也知道我們老師。」西門太太「哦」了一聲，並沒說什麼。那人好像西門太太也是他師母，臉上放出很沉著的顏色，卻沒有敢插言，回轉臉來向青萍道：「黃小姐現在上公司辦公去嗎？」西門太太想著，她向什麼地方去辦公？這人竟是不大知道黃青萍的。青萍立刻用那顧左右而言他的神氣，向那人回答道：「我陪師母去買點東西，你不必客氣了。請告訴你太太，中午我若沒有什麼事情，我一定來。」曲芝生又點著頭笑道：「不算請客，無非談談，還是我來請吧。」青萍對他這個說法，愛睬不睬的樣子，微微點了個頭，那人才走了。

西門太太知道她交際廣闊，並未問話。她卻自己報告道：「䟽他的太太，是我同學，最近遇著了，一定要招待我吃頓飯，我簡直推不了。」西門太太隨便應了一聲，就和她走著，在附近一家拍賣行，看了一看。重慶所謂拍賣行，根本不拍賣，只是寄售舊衣服以及一切零星物件而已。比拍賣行還不受拘束，隨時可看，隨時可買。她們看了幾件衣服，看了點裝飾品，並未問價就出來了，出來之後，又走訪了兩家。西門太太根本沒有打算買東西，也沒有帶錢。青萍也只是看貨而已。西門太太覺得這近乎無聊，因道：「你買不買東西？我想去找二小姐，你也去嗎？」青萍道：「那我就不能奉陪了。我想找亞英去說兩句話。」西門太太這時有點莫名其妙，這孩子巴巴的在電話裡約了自己出來，就是在銀行門口站站，走兩家拍賣行，那不是開玩笑嗎？不過她還不失小孩子脾氣，也許她真是這樣，並無其他作用，那也只好由她了。也不說什麼，自行僱車走了。

青萍單獨的走進一家咖啡館，喝了一杯代用品，在那裡會到幾位男女朋友，隨便談了半小時。她看看鐘點已過十二點一刻了，這就應了那曲芝生太太的約會，到他們家去吃午飯。但這個地方，是歐亞文化協會食堂，而主人曲芝生太太，也變了曲芝生本人。他在正廳上據坐了一副座兒，只管向著門口探望。一看到青萍，立刻站了起來笑嘻嘻地點著頭。青萍倒是大大方方的走過來，笑著點頭道：「對不住，讓你久等了，今天下班的時候，正趕上總經理交下一件很要緊的檔案給我辦，所以又遲了一刻鐘。」曲芝生笑道：「沒關係，反正這吃午飯的時候，我也沒有什麼事。」青萍脫下大衣，搭在椅子背上，然後坐下，回頭看了看沒有人，微笑道：「剛才在銀行門口遇到我，你不該向我打招呼。我師母雖然干涉不到我的行動，可是她和我義母溫二奶奶非常要好，我在外面的行動，她是會通知我義母的。我義母自己沒有兒女，把我當親生的女兒一樣看待，我得受她一點拘束。」說畢，眼珠又很快的一轉。向他微微笑著。

曲芝生被她一笑一看所感召，心裡就有一種說不出的愉快。同時也就覺得不知要怎樣的答覆人家的話才對，嘻瞎的笑著，連說了幾個「是」字。這時茶房已送上一盞便茶來。她端玻璃杯子喝了一口茶笑道：「曲先生在商業上的經營，很忙吧？」他自應當謙遜兩句，說是不怎麼忙，可是他覺得對初認識的小姐，非誇大一點不可，而且她是溫太太的義女，眼界又是很大的，便笑道：「就我個人而論，倒是無所謂，經營著幾處商業，我都有負責的人，我只要隨時指揮而已。希望黃小姐多指教。」青萍笑道：「曲先生以為我對金融事業，也很感到興趣嗎？我平生最喜歡的事情，就是藝術。這樣脾氣的人，叫她來整日弄表格，打算盤，那簡直是一樁痛苦！那我為什麼又做這樣工作呢？那就為了和幾個老前輩幫一點忙。他們都信任我，有什麼法子呢！」說著兩道眉毛一揚，紅嘴唇裡露出兩排雪白的牙齒，粉紅腮上，兩個小酒窩兒一掀。

曲芝生也看出了她那種十分得意的樣子，但在驕傲的姿態裡，卻含有幾分嫵媚的意味，早令人感到一種陶醉。偏是望了她時，她也望了過來，四目相射的，又讓人心裡蕩漾了一下。在這個心魂蕩漾中，很怕對這位大家閨秀，有什麼失儀之處，立刻笑道：「黃小姐喜歡哪些藝術？一定是音樂和戲劇了。」她笑著點了兩點頭道：「我是什麼藝術都喜歡的。」曲芝生道：「黃小姐是最歡喜京戲，或者是話劇呢？」說時，茶房送上菜牌子來，曲芝生站起身兩手捧著送到她面前來，笑問道：「要不要換一兩樣？」青萍看了看，將菜牌子放下笑道：「到這裡來也不為的是吃菜，無非談談，就是照樣來一份吧。」

曲芝生料著她不是假話，她住在溫公館裡，中西廚師都有，可以吃重慶菜館所吃不到的好菜，在這種小姐面前炫富，那是會失敗的。便吩咐茶房照樣來兩份。黃小姐未曾忘了他的問話，繼續答道：「在重慶找娛樂，無論是京戲或電影，那正是像這份西餐一樣，聊備一格。倒是話劇人才，現在都集中重慶，無論什麼劇本，都可以演得好。」曲芝生深深的點著頭笑道：「是的，我就常看話劇，為了京戲不過癮，我們許多朋友組織了一個票房，每逢星期二四六，我們自己唱著玩。」青萍道：「曲先生票哪一行呢？」說著，眼睛皮略略抬一下，對他掃了一眼。曲芝生覺得在她這一番打量之中，必是賞鑑著自己長得俊秀。笑道：「唱得不好，學青衣，偶然也學兩句小生戲。」青萍微微的抬了肩膀兩下，笑道：「什麼時候彩排？我倒要瞻仰瞻仰。」曲芝生笑道：「不要說這樣客氣的話，還是去看看笑話吧。快了，再有三四個星期，我們就要公演一下了。」青萍將一個食指比了嘴唇，低著頭沉思了一下，笑道：「怪不得那天在汽車上看到曲先生，我想是在哪裡見過，可又想不起來，必然是在台上我看過曲先生吧？曲芝生雖是真的學戲，卻沒有上過台，對於她這話倒是承認不好，否認也不好。好在就是這當兒，菜送上來了，青萍是表示出來，每一項菜都不合胃口，只是將刀叉在盤子裡撥弄撥弄著，隨便切點菜吃。吃過了兩三道菜，曲芝生捧了拳頭略拱了兩拱，笑道：「這真是不恭得很，沒有讓黃小姐吃好，改天我找個好廚師補請一次。」青萍笑道：「我們雖沒有交談過，自那回同車以後，不想又在街上遇到了。我是個天真的孩子，認為男女交際，倒不必拘什麼形跡，所以我就同你談話，這就讓我們談熟識了。」曲芝生微微欠著腰笑道：「是的是的，人生遇合真是難說，我到底認識了黃小姐。」青萍對於他這話，並不作什麼答覆，搭起手錶來看了一看，臉上表現了一點沉吟的樣子。曲芝生笑道：「不要緊，時間還早得很，不會耽誤黃小姐辦公時間的。」

青萍笑道：「我是抽空來的，曲先生不看到我還和師母站在一處嗎？她還在等著我呢。」說話時，繼續的送來一道鐵扒雞。她並沒有動刀叉，將盤子推到一邊，開啟手提包來拿出一條雪白的綢手絹，去擦嘴。當她抽那手絹的時候，卻把皮包裡面一疊道林紙楷書的稿子帶了出來，一直被帶著由桌子角上落到地下去。雖是如此，她依然沒有感覺。曲芝生看到，便是義不容辭的離開座位，彎著腰下去把那稿紙拾了起來。

曲芝生是個經營商業的人，當然對商業契約很內行，他很快地眼睛掃了一下，就知道這是一紙合約，沒有敢停留，便兩手捧著送到青萍面前來，笑道：「這是一張合約吧？落在地下了。」青萍「喲」了一聲笑道：「糟糕，把這玩意丟了，我賠不起呢。曲先生你是個內行，你把這合約看看，有什麼可斟酌的地方沒有。」曲芝生原是不便看人家商業上的祕密，只是黃小姐叫看，絕不能拒絕，笑道：「我實在也不敢在關夫子面前耍大刀，但長長見識也是好的。」於是兩手接著，很鄭重的把這紙合約看了下去。

青萍坐在對面，倒不十分介意。茶房送著布丁來了，她從從容容的將小匙一點一點兒舀著吃。曲芝生看完了，依然摺疊好了，送到她面前放著，笑道：「這合約訂得很完善的，字裡行間，簡直無懈可擊，是黃小姐擬的嗎？」青萍搖搖頭道：「我哪有這項本領。你以為在我皮包裡，這就是我的手筆嗎？這不過是經理託我經手，送給總經理去看的。」說著，她微微皺了眉頭子，又露出雪白的牙齒微笑了一笑道：「一個大小姐管這些事，時代真是不同了，其實我真不願幹這一類的事。」曲芝生笑道：「現在時代不同了，一切事業，男女都是一樣。焉知黃小姐將來不成為一個大金融家，大企業家？」她掏起腋下掖的白綢手絹，輕輕地揩摸了兩下紅嘴唇，微微的轉了一下眼珠，帶著幾分笑意。曲芝生每見她一笑，心裡就是一動，尤其是她這種要笑不笑的樣子，叫人看到會有一種說不出來的醉意。但同時心裡也就警戒著，人家是一位眼界高大交際廣闊的大小姐，可不能在人家面前失儀，便正了顏色道：「我說的是真話。不過經營事業的確是麻煩的事。一個作小姐的人，為了這些貨物資金，不分日夜操心，實在也減少人生的趣味。為人在世，也不光為了錢活著的。」青萍又把眼珠向他轉著看了一下，微笑道：「這在一個生活解決了的女子說來，那是很通的。不過像我這樣的人，還不敢誇下那樣的海口。」曲芝生道：「難道黃小姐還會為了生活問題擔心嗎？」這時，茶房送上代用品咖啡來了。她端著咖啡杯子，將嘴抿了兩下，微笑道：「我們是生朋友，我不便詳細的說，彼此過往久了，你自然就明白了。」她將胸脯舒了一下，像要嘆口氣的樣子，結果又忍回去了。

曲芝坐自在暗地裡揣測了她幾分出身，不過看到她住在溫公館，又曾自己駕著小座車到郊外去遊玩，料著她也不會為生活而煩惱。現在聽她的話，好像是很有點經濟不自由，這也不必研究。不過她說彼此過往久了，自然就會明白，大有引為一個知己的趨勢。這種女子大概是不大容易用物質去引誘，只有青年男子是她們所追求的目標。自己說是票青衣的，大概這是她愛聽的一句話了，便笑道：「是的，自然人生一方面要有生活趣味，一方面為了企圖得著這份趣味，也不能不找點錢。」青萍就抬了眼皮對著他臉上注意了一下，笑道：「那麼，曲先生經營了許多事業，難道就為的是票青衣的這一份趣味？」她這句話說出來，是十分的輕微，只讓對方的人，聽到一些聲音。不過曲芝生的全副精神，都注意在黃小姐身上，她說著什麼話自不會不聽到。這正是自己猜著了，她愛一個票青衣的青年男子，這就立刻在心裡感受到一種奇癢，便也情不自禁的在西服衣袋裡，抽出一條花綢手絹，擦摩了兩下臉腮，笑著點頭道：「黃小姐說得對的，我就是注重人生趣味。我若不是為了人生趣味，我還不去經營這些商業呢。」青萍又向他臉上看了一看，笑道：「這樣說來，曲先生對於玩票，倒是一個中心信仰，什麼時候唱戲，我一定要去瞻仰瞻仰。」他笑道：「怎麼說瞻仰，那簡直要請黃小姐指導。」青萍笑道：你們貴票社裡，也有女票友嗎？他道：「有的，只是不十分高明。儘管上後台，沒關係。那裡女賓很多。」

青萍微笑著，沒有說什麼，呷了兩口咖啡。曲芝生笑道：「我冒昧一點，請教一聲，不知道你可有這興趣，也加入我們這票房？你若是肯加入，我想全社的人都會表示歡迎。」青萍笑道：「那是什麼緣故呢？他們知道我也登過台的嗎？我只是玩過兩次話劇而已。」曲芝生道：「會演話劇的人，若是肯演京劇，那一定演得更好。因為在表情方面，是比演老戲的人好得多。黃小姐有沒有這個興趣？若是不願公演的話，就不必公演，可以每逢星期二四六，到我們社裡去消遣消遣。這是正當娛樂，花錢又很少，比吃酒賭錢，那要好得多。」青萍笑著點點頭道：「好，再說吧。」

曲芝生聽她的話，竟是沒有拒絕，今天是初次單獨的暢談，也許她不肯表示太隨便的原故，便道：是的，總也要黃小姐抽得出工夫來。不過我要宣告一句，我社裡的社友，都是知識分子，很整齊的。青萍笑道：「好的，哪天有工夫，我到貴票房去參觀一次。」說到這裡，她把聲音低了一低。眼皮向下垂著，似乎有點難為情，笑道：「這份事可得守祕密。」「祕密」這兩個字，曲芝生聽了是奇受用的，笑道。「那一定。就是黃小姐不叮囑我，我也曉得的。不過我可不知道黃小姐哪天有工夫，無從約起。」

青萍道：「你們不是每逢二、四、六有集會嗎？反正我在這個日子找曲先生好了。貴公司電話多少號？」說著，在她紅嘴唇裡，又露出雪白的牙齒微微一笑。曲芝生沒想到她肯打電話來找，只覺滿心抓不著癢處，立刻在身上掏出二張名片，和自來水筆來，望著她笑道：「這名片上的電話號碼，那是我普通應酬上用的。我另外開兩個電話給黃小姐，你每逢星期二、四、六下午四點起，打這兩個電話一定找得到我。至於名片上原有的號碼，請你隨便打好了。黃小姐只要說是銀行裡叫來的電話，我就明白了。不過黃小姐不願說出貴姓來，需要事先給我一個暗號才好。」他說到這裡，也就覺得有點尷尬意味，臉上也止不住他那份得意的笑。青萍看了他一眼，笑道：「其實就說姓黃，也沒有關係，不過你要覺得不妥的話，我就說姓張吧，這是一個最普遍的姓。」曲芝生笑道：「好的，以後我記著張小姐就是，那麼，我在朋友面前也介紹你是張小姐了。」她抿嘴一笑道。「那隨便。」說時，她垂了眼皮，眼珠在長睫毛裡轉了一轉。

曲芝生沒想到一餐飯的時間，對這位小姐進攻有這樣大的進步。他看到她那分含情脈脈的樣子，原來認為她是一位大家閨秀，或者一朵驕傲的交際之花的觀念，就完全消滅了。他感到是自己年輕漂亮，征服了這位小姐。同時自己究竟也有點闊綽的形式，在身分上也可以配得過她，所以她心裡一動。她就首先的在咖啡座上和我說話了。今天，她在這桌面上，只管眉目傳情，那是有意思的。大膽的就再向她說兩句進步的話吧。他正這樣的打量著，沉默了兩三分鐘，沒有說話。黃小姐抬起手錶來看了看，笑道：「糟了，已過了十分鐘了，我還要趕公共汽車呢。」說著她已匆匆的站起來穿大衣，袖子剛穿上，將手皮包向左脅窩裡一夾，右手伸出來和他握了握，笑著道兩聲謝謝，轉身向外就走。曲芝生一半猜著她今日來赴約，是祕密行為，她這匆匆的走，也是情理中事。可惜她走得太匆忙，竟沒有把她參觀票房的時間決定。他站著出了一會神，彷彿那衣裳上的香氣，還圍繞在左右不曾散去。回想剛才這個聚會，卻是一生最好的幸運，生平真還沒有和這樣年輕而又漂亮的小姐交過朋友。於是坐下來喝著那杯已涼的咖啡，對今天的幸遇加以玩味。他這雙眼睛，也就不免向黃小姐剛才所坐的地方看去。卻見那小白圍布，捏了個團團，放在桌沿上，布下面露出一塊紙角，這紙是潔白堅硬的，不就是剛才所看到的那張合約紙嗎？

他立刻站起身來取過來一看，正是那紙合約。心想：這樣要緊的東西，怎樣可以失落了。不但是筆很大資金的損失，而且還免不了一場官司呢。趕快追出去交給她吧。這樣想著，也來不及向茶房打招呼了，拿了那張合約，就向門外跑。站在屋簷下兩邊一看，並沒有看到黃小姐的蹤影。痴站了一會，只好走回餐堂去。茶房以為這位客人忽然不見，是吃白食的，正錯愕著，這時看到他從容的走進來，便又斟了杯便茶送上。曲芝生笑道：你以為我溜了吧？剛才這位小姐，失落了一樣東西，我追著送上去。」茶房笑道：那不要緊，黃小姐常來我們這裡的。請你先生留在櫃上，轉交給她就是了。」曲芝生問道：「你認得她嗎？」茶房笑道：「黃小姐怎麼會不認識，從前她常和溫五爺來，最近她又常和區先生來。」曲芝生沉吟著道：「區先生！哦！這個人我認得，是個穿西服的，約莫二十來歲。」茶房道：對的，二十來歲，也是你先生的朋友嗎？曲芝生對這句話倒不免頓了一下，然後點著頭笑道：「是的，我們認得的。」茶房自不能久立在這裡陪客人擺龍門陣，說完這句話也就走了。

曲芝生會過了帳，靜靜的在餐桌上坐著出了一會神。心想：溫五爺是她的義父，她自然可以和他常來。這個姓區的是個二十來歲的西服少年，也和她常來，這就可玩味了。至少，這個人和自己相比，那是更接近的了。她丟了這張合約，絕不能淡然處之，一定會到這裡來，等她來了，就可以借茶房認得她的話，試探她的口氣。

可是他這個想法，竟是全不符合，約莫坐了半小時，也不見黃小姐回來。他想著，大概她還沒有發現合約失落了。只管獨自在這裡坐著，那也不像話，便起身叫了茶房來，另外又給了他一百元錢小帳，叮囑黃小姐來了，務必告訴她，她失落的東西，曲先生已經拾著了。當然，替她好好儲存，請她放心。若要取回這東西，請她給個電話，立刻可以送去。或者由黃小姐來取也可以。說完，這才出門去忙他的私事。不過曲芝生身上揣著這一紙合約，究是又驚又喜，驚的是這關係太大，喜的是有了這東西在手上，不怕黃小姐不來相就。果然，在下午兩點鐘的時候，就是一個張小姐打電話來找他。心裡明白，黃小姐已實行暗約了。立刻去接著電話，那邊嬌滴滴的聲音先笑道：「曲先生，我先謝謝你了，多謝你替我儲存那個重要東西。」曲芝生對著電話機鞠著躬道：「你那張合約，在我身上收著啦。我真替你捏一把汗，你怎麼知道在我這裡呢？」青萍道：「我聽到餐廳那個茶房說的，他說，你還在那裡等我一點來鐘呢。真是不巧，你一離開，我就到了，可是我總得感謝你，你是我一個熱情的好朋友。」

曲芝生聽了這話，猶如在心上澆了一瓢烘熱的香蜜，對了話機的嘴，笑著要裂到耳朵邊來，立刻向裝話機的牆壁，連連的鞠躬了三四下，笑道：「那不成問題。」剛說了這句話，心裡就有了個感覺，這話有語病，所謂「不成問題」也者，是代她儲存這張合約呢？是她那一個熱情的好朋友呢？於是心裡在打算盤，口裡就連說了幾句這個這個。那邊黃小姐倒誤會了他的意思，問道：「你說的是怎樣交付給我嗎？東西放在你身上，我是十分放心的，你願意怎樣交給我都可以，大概……今天晚上你有工夫嗎？」曲芝生恨不得由電話耳機內，直鑽到她面前去站著，以表示有工夫，嘴裡自是連連的說了許多「有」字。黃小姐道：「那麼，晚上九點鐘，請你到玫瑰咖啡館來等著我吧。我一定會到的。」曲芝生又連連說了幾聲「準到、準到」。那邊說了聲「再見」，把電話掛上了。

但曲芝生彷彿這句再見，與一切朋友所說的不同，尾音裡面帶著一分很濃厚的笑意。手裡握著話機，對了牆壁，兀自出了一會神，方才掛上。為了這個九點鐘約會，曲芝生一餐晚飯，都沒有好生吃著，就呆呆的，又是很焦急的，等那九點鐘來到。等到了八點三刻，實在是不能忍耐了，立刻起身就向玫瑰咖啡館來。這時，正是咖啡館上座正盛的時候，一拉玻璃門時，就看到電燈雪亮，下面人影搖晃著成為一片。屋角上的爐子炭火，也是正旺著，有一陣烘烘的熱氣，捲了女人身上的胭脂花粉香，向人鼻子裡襲了來。

究竟黃小姐坐在哪裡呢，他有點迷惑了。只好望過之後，在人叢中轉了個圈子，在進門不遠，令人注目的所在，挑了個空座坐了。這兩隻眼睛，當然是注視每個進門的女人臉上，同時也不住的看著牆壁上掛的那個掛鐘，已經過了九點鐘幾分了。

正在他又一次看那鐘的時候，覺得肩膀上有個東西輕輕接觸著，同時聞到一陣香氣，回頭看時，正是黃小姐笑嘻嘻地站在身後。她手握了手提包，將一隻皮包角按點在自己肩上。她把紅嘴唇微微的一努，向鐘望著道：「我超過了預定的時間十分鐘了。」曲芝生站起來，代她拖開座旁的椅子。她竟是伸著紅指甲的嫩手，和他握了一握，笑道：「偏勞偏勞，感謝感謝，你替我解決了一個最大的困難。」曲芝生只有嘻嘻笑著，不住閃動兩隻肩膀。

黃小姐坐下來，望了他笑道：「你來了好久了吧？」曲芝生道，「也是剛來，不過我沒有敢失約。還是按準了時候來的。——黃小姐喝點什麼？」她且不說話，把他面前那杯咖啡拿了過去端著抿了一口，笑著點點頭道；「今天的咖啡還不錯，就是咖啡吧。」說著，把那杯咖啡依然送了過來。曲芝生看那雪白的瓷杯子沿上，微微的印著兩個紅嘴唇小印子，這就情不自禁向她看了一眼。她微微的轉了眼珠向他一笑道：「你覺得我把合約丟了，有點荒唐嗎？」說著，就反過手去脫下上身的大衣。這時她又換了一套裝束，上身穿著深紫羊毛衫緊身兒，領圈下，是黃金拉鏈。她兩手反著，那胸脯子挺起來，拱著兩個乳峰。她伏在桌沿上向他笑道，「你在想什麼心事，你替我叫茶房送咖啡來呀！」他啊了一聲，連說「是是」，便叫著茶房要咖啡。他吩咐過了，卻見自己面前，放了一條花綢手絹。拿起來嗅了一嗅，笑道：「好香呀！她將嘴對他的西服衣領，又是一努，因道：落了菸灰在上面了，撣掉它吧。」曲芝生把領子上的菸灰拂去了，點頭說聲謝謝。黃小姐笑道：「你為什麼謝謝，以為我這條手絹是送你的嗎？」曲芝生笑道：「我不敢有這要求。」黃小姐笑道：「那算什麼，你幫我的忙大了，請你收下吧。」曲芝生立刻站起身來，向她微微的鞠了兩個躬。

正好茶房端著杯咖啡送到黃小姐面前。茶房是面對了曲先生的。這樣一來，倒好像是曲先生向他鞠躬了。他莫名其妙的，也向曲先生點了一個頭。黃小姐看著，又不免露著白齒一笑，茶房去了，她問道：「曲先生，今天有什麼高興的事吧？臉上老是不住的發笑。」曲先生不想她會問出這句話，伸手摸摸頭髮，又整理了一下衣領，忽然作個省悟的樣子，「哦」了一聲道：「把正事不要忘了。」於是從衣服口袋裡拿出那張合約來，起身雙手送到她面前，笑道：「請驗，沒有弄髒。」她還不曾說什麼呢，卻有人在旁邊重聲叫了一聲「青萍。」那聲音似乎含了怒意，兩人都嚇了一跳。

螳螂捕蟬

曲芝生原知道黃小姐是相當自由的。但經她說過幾次，義母師母都可以干涉她的時候，又料著自由也有個相當的限度。這時聽到有人猛可叫了一句青萍，她立刻顯出驚惶失措的樣子，就也不知道怎樣是好。手上那張合約剛巧要送過去，還不曾交下，卻又拿了回來。這就看見一個穿海勃絨大衣的青年，半斜著戴了一頂呢帽，兩手插在大衣袋裡，挺了胸脯子，走向前來，橫了眼珠道；「青萍！誰約你到這裡來的？」她臉上雖沒有發現紅暈，卻透著很為難的樣子，站起來身子向後退了兩步，指著曲芝生點了點頭道：「這……這……這是曲……曲先生。」於是臉上帶了苦笑，又向曲芝生道。「這是區亞英先生。」曲芝生看亞英那樣子，雖不知道他們什麼關係，心裡先已三分懼怯，便深深地點了一個頭道：「請坐，請坐。」

亞英只將下巴頦點了一下，拖開旁邊椅子，大大方方的坐下，他一眼看到曲芝生面前擺了那張合約，便掉過臉來向青萍道：「下午問你這張合約，你說交給經理了，現在倒在人家手上，這是什麼道理？」這時青萍已經坐下來了，很恭敬地將那杯咖啡送到他面前，低聲笑道：「是我丟了，讓曲先生撿著了，沒有敢告訴你，現在曲先生特意約了我來，把合約交還我呢。」亞英對於她恭敬的樣子，一點也不理會，問道：「這樣重要的東西，你在什麼地方丟的，巧了，就讓熟人撿著了。」青萍道：「回頭我會告訴你詳細情形。」亞英突然站了起來，將椅子踢開，扭轉身，就走出咖啡館去了。

曲芝生始終呆坐在座位上，沒有法子插一句話。這時見亞英走了，才向著青萍苦笑了一笑。她搖搖頭道：「真是不巧得很，偏偏就在這個當口遇見了他！」曲芝生道：「這位區先生，是公司裡同事嗎？」她猶豫了一陣子，笑道：「若是同事，我才不理他呢。實不相瞞，我和他不久訂的婚，他自然可以干涉我的行動，那也沒有法子，他知道了就讓他知道好了，大概今晚上我們還有一場嚴重的交涉。」說著，兩道眉毛皺得很深。曲芝生這才知道亞英是她的未婚夫，那有什麼話說呢？未婚夫當然有干涉未婚妻和男子上咖啡館的權利，便聳了兩下肩膀道：「那我就很抱歉了，可惜剛才黃小姐沒有給我介紹清楚，要不然我應當給他解釋明白。」到了這時，黃小姐的神色已經鎮定了，一扭頭笑道：「那也沒有什麼了不得，如今社交公開的時候，任何一個女子都有她交朋友的自由。我和人訂了婚，我並不失去交朋友的資格。再說，曲先生特意在這裡等著，把合約交還我，那完全是一番好意，一個人也不能那樣不懂好歹。」曲芝生聽了這一番話，膽子就跟著壯了起來，笑道：黃小姐這話是很透澈的。不過因為了我的原故，讓二位在感情上發生了一道裂痕，那我總是抱歉的。」青萍把那杯咖啡移到自己面前，從容的喝了一口，笑著搖搖頭道：「那也無所謂。」

這「無所謂」三個字，在曲芝生聽來倒是可以玩味的。她是說姓區的不敢因此發生裂痕呢，還是說縱然發生裂痕也是在所不計呢？便向她微笑道：「但願不因此給黃小姐發生什麼麻煩，那就更好。這合約黃小姐好好的收著吧，不要再丟了。」說著，雙手遞了過去。青萍接過這合約，看也不曾看，就開啟手提包來收了進去。曲芝生望了她的臉色已是十分自然，便道：「那杯咖啡涼了，再換一杯熱的吧。」青萍倒也不反對，點點頭。他這就想著她倒是很坦然，似乎她很有意思再坐下去。反正自己又沒什麼違法的把柄落在姓區的手裡，根本不必懼怕。倒是他真的和黃小姐發生了裂痕，那正是給自己造成進攻的機會。進一步說，他們因為發生了裂痕之後，跟著廢除婚約，那就更好了。於是換過咖啡，繼續的和她談下去，幾個問題一周轉，又提到了玩票這個問題上去。這件事曲芝生有興趣，黃青萍竟是更有興趣，二人越談越有味，競談了一個多鐘頭，把剛才區亞英氣走那幕小喜劇都忘卻了。

後來咖啡座上的人慢慢稀少了，倒是曲先生替她擔心，笑道：「時間不早，黃小姐請回公館吧，我明日希望得到黃小姐一個電話，能夠平安無事，那就好了。」青萍從從容容的起身，穿著大衣笑道。「倒蒙你這樣為我擔心，其實我自己看得很平常。合約在這裡，又不少一個字角，至多經理說我一聲大意，以後不把這重要檔案由我經手而已。至於我個人的私事，那簡直沒有關係。」說著又伸手和曲芝生握了一握，然後告別。

她走到推動的玻璃門那裡，兩手插在大衣袋裡，還回轉頭來向他笑了一笑。這一笑比同坐在一處的那種笑意，還要好受一點，只可惜這時候很短，她一扭轉身就出門去了。曲芝生又犯了中午那個毛病，在咖啡座上很發了一回呆。他覺得黃小姐的態度，一次會面比一次感情要濃厚得多，若說她心裡是有了我這麼一個曲芝生，那或者有點幻想，可是說她絲毫無動於中，那也不見得。這是什麼道理呢？一個男子會莫名其妙的愛上一個女子，那就是所謂情人眼裡出西施。可是一個女子也會莫名其妙的愛上一個男子，另外還有一個可信的理由，就是她愛好藝術，對於一個藝人容易另眼相看。對了！必定是這一點打入了她的心坎，對了！就是這一點。他想到這裡，自己出了神，也就隨著將桌子一拍，口裡說出：「對了！就是這一點。」這時咖啡座上的客人更稀少了，他這一聲說話，已引起隔座幾處注意，都向他望著。他自己立刻也省悟了過來，就把桌子連續的敲了幾下，茶房過來了，他笑道：「我叫了你們好幾聲都沒有聽到？」於是就掏出錢來會帳。雖然有這點點的失態，他依然是很高興的走回他的號子去。

他也有個家，但在南岸自蓋的小洋房子裡，每到生意忙碌的時候，也常是不歸家。尤其是比期頭一晚上，照例不能回去。因為人欠欠人的，在晚上都要把頭寸猜想一下。這時回到號子，帳房裡已經坐有好幾個人，老遠的就看到電燈光下面，香菸繚繞，想必同事的候駕多時，紙菸已吸得不耐煩了。看到他時，大家不約而同的喊著「曲經理回來了！」他進屋向大家看了看，其中有位商梓材先生，是一家銀號的襄理，雖然很有來往，平常是不大下顧的。這就向商梓材特意點了個頭道：「失迎，失迎！我沒有想到有貴客光臨。不然的話，我早就回來了。」商梓材已經站了起來，因笑道：「曲經理不開玩笑，我是無事不登三寶殿，等候大駕已有兩點多鐘了。」

曲芝生抱住拳連連拱了兩下，便脫下大衣，拉著商先生的手，同在長沙發坐下。另外還有三位聯號買賣的人，都望了他。曲芝生笑道：「我今天下午，就仔細盤算了一下，這個比期應該沒有什麼大問題，所以回來晚一點。」本號裡的管事唐先生微笑道：「多少有點問題呢。有兩筆五十萬的款子，銀行已臨時通知，不能再轉期。還有兩張期票，是下月半的日子，原來預備貼現給人家，可是這兩家出票人，信用都有問題，貼現也恐怕貼不出去。這樣一來，就要差百多萬的頭寸。」商梓材就掉轉頭來向曲芝生搖搖手笑道：「何必唱什麼雙簧？我來想點辦法，當然是有條件的。貴號有時候也有找我們的時候，我們是盡力而為，絕不推辭。」曲芝生笑了一笑，這就向唐先生道：「我們自己的事，先擱一擱，聽商先生有什麼事見教。我說商兄，彼此的事，彼此都知道。我們是架子扯得大，其實也是外強中乾。不過你既然光顧來了，我也盡力而為。」商先生身上取出紙菸盒敬曲先生一支菸，然後噴出煙來笑道：「架子扯得大，這句話我是承認的，而且彼此相同，可是我們那些股東，越幹越起勁，還要改立銀行。實不相瞞，我們在南岸投資蓋房子，又買了不少的貨，在上個星期我們有兩筆款子。可以收回，所以沒有把貨丟擲去。不想到了今日全沒有收到，弄得明天比期頭寸不夠。我想在我們私交上說，望你幫我一點忙。」

曲芝生噴了一口煙，把頭伸過來望著他，微笑道：「你們還差多少寸頭？」商梓材表示著很自在的樣子，笑道：「其實我們也只差個五百萬。」

曲芝生笑道：「如今萬字說慣了。若在前兩年，這個數目，還是嚇倒人，照我們交情說，自然是盡力幫忙，可是你這數目，實在不小。」商梓材聽他的口氣大為鬆動，顯然有法可想，卻把兩手抱了拳頭，拱上一拱笑道：「請幫忙吧，一個星期內昆明那筆頭寸兜轉來了，我們就歸還。你若是昆明用錢，劃給你更好，日折二元，如何如何？」他口裡說著「如何如何」，手還是拱著。

曲芝生且不直接答覆他的話，回轉頭來向著唐管事笑道：「我們是泥菩薩過江，自身難保。當然無法調集這麼多頭寸，假如能調集這麼多頭寸，我們也不會整個比期去凍結。不過老萬那裡，聽說賣了一批外匯，很多的頭寸，還沒有找著用途，不妨替商襄理打個電話去問問。」

這位唐管事雖是下江人，卻是一身的土打扮，光了頭頂，滿頭的短頭髮樁子。身穿一件毛藍布大褂，兩腳伸出來，下套一雙雙梁緞子鞋。他把手一摸嘴唇上的短八字黑鬚，要笑不笑的露出一臉生意經的樣子。他也不向商梓材望著，談淡的說道：「老萬那個人是好惹的？電話裡和他商量，他還不是哭窮，要找他就得親自去跑一趟。」商梓材道：「哪個老萬？」曲芝生向他微笑道：「你不認得。他是一個沒有字號的游擊商人。這傢伙厲害萬分，不大出頭，只在熟人裡面兜圈子。我們給他起了綽號，叫游擊司令。說慣了索性叫他萬司令。金融運輸兩個部門，他都走得通。」商梓材道：「這種人是現在最有辦法的人了。不納捐，不納稅，不要開支，不負責任，而且不挨罵。報上總說我們是國難商人發國難財，真是百分之百的冤枉。不過這位先生，還能來個不露面，那更有辦法。不過他既不露面，對外又怎樣會走得通呢？」曲芝生道：「商兄，你疑心我掉你的槍花嗎？商梓材又拱兩拱手道：「言重言重，是我找你，又不是你找我，怎麼會疑心你掉我的槍花呢？就請你替我向這位萬司令，想想法子看。」唐管事淡笑道：「不是我說句掃興的話，和老萬去借錢，等於在老虎口裡奪肉。他是弄大花樣的，根本看不起幾分的子金。大概他一生沒有講過信用，所以他相信別人交情上的信用借款，那簡直是白說。」

商梓材看了他一眼，心想這個姓唐的老小子，簡直是個老奸巨猾。他們老闆已經有點鬆動了，這小子還是一棍子打了個不黏，便笑道：「唐先生，我明白，你一定是對敝號那回四十萬轉期的事，沒有答應，心裡有點不大瞭然吧。其實那回的事，有點誤會，也正是趕上我們頭寸不夠。自然我們是很抱歉的。」唐管事笑道：「沒有的話。那四十萬款子，貴號轉期了三次，還有什麼對不住我們的嗎？」說著，他向門外看了一看，低聲笑道：「商先生究竟把我們當自己人，不然的話，怎麼肯老說頭寸不夠。這樣一句話，對於一個銀號負責人，說出來，那真無異打了他一個耳光。」

商先生臉上真也像受了一個耳光，立刻臉上通紅。曲芝生也覺得太讓姓商的受窘了，因笑道：

「過去的事，老說他幹什麼？老唐就給老萬打一個電話，看看他在家沒有？他若是在家，我親自和他說話。」唐管事答應著起身去了。

約莫十分鐘，唐管事搖著頭走了進來，笑道：「這位萬司令，名不虛傳，真是厲害。他一接電話，就說明天是比期。呵！你們又有什麼花樣玩不過去，連夜打電話找我？你看叫我的話怎樣說下去。經理去說話吧。」曲芝生笑道：「不要緊，讓我去和他說話。」他交代畢，起身說話去了。

商梓材向唐管事笑道：「曲先生請到你這樣幫忙的朋友，真是蘭生有幸。」唐管事笑道：「你必以為我剛才所說的話，是和曲經理唱雙簧，我現在分辯著，商先生自是不肯相信。不過我舉一個例，你就明白了。假如商先生不幹銀號，來管我們這幾個字號買賣，你手上若是有個百十萬頭寸，你是願意它凍結十天半月呢？還是趕快運用起來？自然是運用這些資金了。談『運用』兩個字，誰也趕不上銀行家，可是銀行家，也時常一個算盤子打錯，有周轉不來的時候。那麼，我們就怎能說每個比期，都頭寸很夠。你也該知道，我們不會裝假，若是裝假，上次那四十萬款子，何必轉了又轉？」商梓材哈哈笑道：「說來說去，你還是不能忘情四十萬轉期的那件公案。將來……」他沒有說完，曲芝生走了進來，搖著頭道：「老萬架子搭得十足，要我親自去跑一趟。好在路不遠，我給你就去跑一趟。商兄，我們分途辦理吧。我去找老萬，你也到別的地方去想點辦法。若是我有辦法，我能和你找多少是多少，萬一毫無辦法，你也別老押我這一寶，誤了你的事。你一個老金融界不見得除了我，就沒有第二條路吧？」最後這兩句話，卻是商先生所不能忍受的，臉上便有點紅紅的，因站起來道：「好！我暫時告辭。什麼時候可以得著你的回信呢？」曲芝生道：「現在是十一點了，事情不能辦得太夜深，一點鐘以前，必定給你一個回話。」商梓材笑道：好！就是那麼說。跑比期，跑到大天亮的有的是人。我們自也不必例外。」說著還伸手和他握著搖撼了幾下，連說「拜託拜託」。曲芝生也說了句「盡力而為」，將客人送出了大門。

曲芝生回到客室裡時，在座的幾個同事不約而同的道：「這傢伙也有來求我們的時候！」曲芝生燃了一支菸卷，坐下來笑道：「我看大家的意思，是不必睬他了，你們也是太意氣用事。人家是肥豬拱門，我們為什麼不趁此機會，撈他一筆。」唐管事道：「有什麼法子撈他一筆？他自己說了，日折二元。」曲芝生笑道：「你們不必多事，我自然會撈他一筆。」

唐管事總算是個有心機的人，點了一支菸，斜靠在沙發上凝神想了一想，笑著將手拍大腿道：「這樣懲他一下子也好。」曲芝生笑道：「怎樣懲他一下子，我倒不明白。」唐管事道：「這有什麼不能明白。他把銀行裡所有的頭寸，都買了盧比的現貨。他們買進，大概是六塊幾。現在這兩天看疲，哪一天有起色不得而知，反正大跌是不會的。他原是想咬緊牙關，再等些時候，有現貨在手，他還怕什麼？如今我們說有錢是有錢。人家趁這兩天風勢好，是收買外匯的，不肯動，除非你有港幣、美金、盧比現貨，才可以移動。他不是頭寸差得緊，今天不會冒夜在外面瞎抓。說是有大批的頭寸，怕他不把盧比丟擲來。只要我們少刻苦他一點，自然他會賣給我們。」

曲芝生也坐下來，兩腿一伸，只管搖撼笑道：「你這一猜雖猜著了，但是照你這個想法去作，那就只有失敗。你想他是幹什麼的人，能在他手裡的盧比上轉念頭！他看透了你居心不善，一氣之下，來個業不賣謀主，妻不嫁姦夫，他就吃一點虧，有了盧比哪裡抵不了帳。而且他也就因為捨不得盧比丟擲，才短著頭寸。必須設個法子，讓他甘心把盧比丟擲來。」唐管事道：「那有什麼法子呢？」曲芝生笑道：「你不必問，我自然有辦法，我們且辦我們的事。」於是就和號裡兩個負責人在帳房裡將帳目結清。約莫在十二點鐘附近，曲芝生就搖了個電話到商梓材家裡去，說是法子是有，還得當面商量，夜已深了，怎麼辦呢？那邊答應有車子不要緊，再來拜訪，掛上電話，不到十分鐘，門外汽車喇叭響，曲芝生看看經理室布置已好，便口銜了大半支雪茄，在屋子裡踱來踱去。

一掀門簾，商梓材走了進來。見曲芝生也是在想心事的樣子，便兩手拱了一拱笑道：「對不起，深夜還來打攪。」曲芝生裝出強為歡笑的樣子，搖搖頭道：「不要緊，我也不是現在能睡覺的，請坐，請坐。」他自己坐在一邊，將經理位子那把椅子給客人坐了。商梓材坐下，就見桌上玻璃板下壓住了一張貨單子，這種半公開的東西，倒不用怎樣避嫌。大略的看了一下，上面寫著全是五金材料的名色，什麼七號線多少圈，九號線多少圈，五號洋釘多少鎊，三號銅釘多少鎊，還有許多名色，是自己不知道的。因笑道：「曲兄真有辦法，又進了許許多多的貨。」曲芝生坐在旁邊，昂著頭先嘆了口氣，接著笑道：「你老哥真是開玩笑，現在我還有錢進貨嗎？這都是拿去向老萬抵押的。實在的話，我還差幾十萬。同時我也真想進一點貨。這傢伙把仰光、加爾各答當大路走，明後天就要坐飛機走。我說要錢用，並託他在仰光替我弄一點貨。他說。『那不成問題，我給你白盡義務，要什麼貨，開張單子來吧，不過運輸你自己料理。我能給你帶，我自己就會多帶了。』商兄，這就是他的生意經啦。我就許了許多條件，乾脆的說，他簡直要賺一半，第一步談好了。第二步，就問我在仰光有多少外匯。我說：『有外匯那還說什麼！知道你老兄的作風，一切現實，五金、西藥、股票，你要什麼抵押，我就把什麼抵押給你。』他也毫不客氣，指定了要五金，而且說他本來要把這批錢買外匯的。他又說：『但是這兩天，那幾個熟人，有的不在重慶，有的已做多了外匯，不能再想辦法，所以省下這筆買外匯的錢來。你若是有外匯，貨倒是可以買，最好是開仰光或加爾各答的支票，若不然，盧比現貨也好。』你想，他這不是風涼話嗎？我有外匯，我怕換不到錢，還拿貨去押款？」

商梓材聽他說了一大片話，插不進嘴去。這就忍不住搶著問了一句道：「他出什麼價錢？」曲芝生道：「我根本沒有外匯，問價錢作什麼？我就乘機問他：那買不到外匯的錢，自然是暫時留在重慶，可不可以暫時移給我一個朋友度過明天的比期，你不是願意五金嗎？再把五金材料來抵押。於是他想了一想，答應了可以再移動三百萬。」商梓材笑道：「你這又是和我開玩笑了，我哪裡有五金材料呢？」曲芝生道：「我當然知道你沒有五金材料。可是你說過，曾移挪著頭寸，買了一批貨，這一批貨我想總不會是過於冷門的東西。你若是肯拿出來押給我同行，我可讓我同行再押一批五金給老萬，這圈子就兜過來了。」

商梓材吸了菸卷，望著玻璃板下那張貨單子，很是出了一會神，因沉吟道；「以你和他這樣交情之厚，還要抵押品，當然是陌生人再無辦法。承你的情，叫我把東西押給你同行，你同行再把五金押給老萬，這要出個雙層子金，萬一兩個星期內，我還周轉不動，我的東西陷住了不要緊，把你同行的五金陷在老萬手上，那更是纏夾不清。」曲芝生道：「有倒有個辦法，可以乾脆解決。我一個朋友的太太，手上有一批盧比，約略值三百萬出頭，你若是把貨押給她，她把盧比暫讓給你，你就照市價賣給老萬。我保證今天晚上兩點鐘以前，有大批的頭寸在你手上，明天你可以太太平平度過這個比期，老萬不是買不到盧比的人，就是受了時間的限制，急於在行期前撈一個是一個。將來他兜得轉的時候，再給你買一批盧比，還那位太太就是了。」

商梓材銜了菸卷望著他，見他臉色很自然，便笑道：「這事太冒險了。我現在照市價要了人家的外匯，將來外匯漲了價，我既賠本，又出利錢，那豈不是雙蝕？」曲芝生道：「我當然知道這一點，可是因為你連夜出來抓頭寸，總怕你著急，所以在無辦法中想辦法。」商梓材且不作聲，那支菸卷深深吸了一口，一氣把煙吸到根上，把菸頭子送到菸灰缸裡，還按了兩按，笑道；「我實說了吧。我就掌握著一票盧比，若是肯把它丟擲去，我也不會在外面跑到深夜了。將心比心，誰有盧比在手上，又肯丟擲來？」曲芝生倒是站起來和他作了兩個揖，笑道：「對不起，我真不知道你是錢關在保險箱子裡，到外面來忙頭寸的。要不然，我就說的這些話，倒好像是打趣你的。這還發什麼愁來，我這裡熬得有很好的稀飯，有朋友送的宣腿和大頭菜，吃點兒半夜餐吧。你若是願意吃甜的，我有糖蓮子，立刻加進去熬上一熬也好。」商梓材道：「不必費事，就是白粥好。」

曲芝生好像把所談找頭寸的話，丟到九霄雲外，馬上把店中夥計叫來，叫他預備稀飯。又問道：「那一小聽可可粉還有嗎？給我們先熬兩杯來喝。」店夥答應了。曲芝生又忙著開屋角裡那個小茶櫃，捧出一盒呂宋菸放到辦公室上，掀開蓋來向客人笑道：「真的，來一根，夜深了，先提一提神吧，別太苦了。」商梓材道：「你怎麼立刻鬆懈起來了？」曲芝生笑道：「我的頭寸有了，你根本不發愁，你有盧比，還怕換不到法幣嗎？來吸根煙提提神。」說著便取了一支雪茄遞到他手上，笑道：「這兩天跳舞來沒有？」

商梓材因他只管鬆懈，也就湊趣說了一句道：「在重慶跳舞，那有什麼意思。偷偷摸摸且不說了，地板不滑，而且沒有音樂，只管用話匣子開音樂片，實是不過癮。」曲芝生笑道：「上個禮拜六，在郊外玩了半夜，相當過癮。他們用播音筒，接上話匣子音樂，聲音響亮，電燈都用紫色的泡子，頗有點跳舞廳的意味。」說時，店夥已送著兩杯可可來了。曲芝生端著茶杯，很坦然的喝可可。商梓材坐在他經理席上，也很默然的喝可可。約莫有五分鐘之久，商梓材笑道：「曲兄，你說那位萬先生，將來還可以買到盧比，那是真話嗎？」曲芝生道：「這又何必騙你，自然，你以為他現在就設法買外匯，將來他果真有了外匯，又豈肯讓給別人？你要知道，現在他是想帶點資金出去，不能不收買。而且也是湊巧，和他有聯繫的兩個人，都不在重慶。兩三個星期之後，他回來了，那兩位也回來了。他暫時不需要外匯的時候，他向朋友買一點，又有什麼關係？」商梓材沉吟道。「不知道這位萬先生能出什麼價錢？」曲芝生笑道：「你若是想在他面前作點人情的話，就不必敲他的竹槓，照今天的黑市賣給他。這樣，你至少不吃虧，等於拿這個賣給別人一樣。」商梓材喝著可可，緊緊的皺了眉頭子笑道：「如此作法，我要吃好幾十萬元的虧。管他呢，我圖他下次幫忙，就賣掉他吧。夜深了，我也不再去找別人了，煩你打個電話給他，我們在什麼地方交付？」曲芝生道：「你也不必再跑，吃過稀飯，你就回府吧。他開給我的三張支票，我先給你。你若是怕有退票的嫌疑，你的盧比可以明天交給我，我替你擔上這個擔子。請他明天一早補給我三張支票。反正我在明日十二點鐘以前有錢。就太平無事。」說著他就在身上摸出三張支票，很痛快的交了過去。

姓商的雖疑心這裡面多少有點槍花，但接過支票去一看，支票果然是別人出的，也許曲芝生是真肯幫忙。把人家給他的支票，先拿出來墊用一下。或者他可以藉此向姓萬的賣點人情，只要自己不吃虧，也就不必追問了。於是就在這經理桌上開了一張收據，收到若干元支票三張，並註明次日以盧比若干歸還，身上帶有私章，也蓋上了。便向曲芝生拱拱手道：「費神費神，明天準按約辦理。」曲芝生倒是鄭重了臉色道：「老兄，這個可開不得玩笑的。」商梓材笑著將手指了自己的鼻子尖道：「這個還好玩笑，難道我以後不想在重慶混了嗎？」這樣說著，於是大家又笑起來了，算是快快活活的吃了那頓稀飯，盡興而散。

到了次日早上九點鐘，比期開始忙碌的時候，曲芝生就來到銀行裡和商梓材來要盧比，說是那姓萬的非見現貨不給錢，自己的錢既拿出來了，現在可有點兜轉不動。商梓材比期的難關總算解除了，不能不替承手人擔當。那三張支票已在銀行對照過了，毫無問題，也沒有理由把盧比壓著不給人，於是和銀號裡經理商量之後，就全數交給曲芝生。在錢交出去之後，自然沒有什麼新的感想。可是在錢交出三小時之後，銀行界就盛傳著盧比漲價了。商梓材立刻向幾處打電話一問，經回電證實，果然是漲價了，而且是跳漲，一漲就漲了百分之三十。他這才恍然曲芝生這小子處心積慮，把這批盧比弄去，原來是他預先知道盧比要漲價的。這只怪自己不好，不在銀行界兜圈子，向他去商量頭寸。那四十萬元不替他轉期，總算給他從從容容報了仇去了。盧比是已交給人家了，還有什麼話說呢？坐在自己的辦公室裡，只管氣得亂捶桌子。

曲芝生拿了這票盧比，在皮包裡放好，向脅上一夾，高高興興的走上大街，預備拿著這批財寶回南岸去享受，可是只走了一截街，就見黃青萍小姐，直接迎上前來。曲芝生還沒有打招呼，她已是將一隻白嫩的手舉起來，向他招了幾招，滿面春風的帶著微笑。他覺得彼此是很熟了，立刻迎上去對她笑道：「我一直惦記著你的電話，而你竟沒有電話來。」她道：「我知道今天是比期呀。你不會有工夫到票房裡去。而況現在才上半天呢，也不是娛樂的時候。」曲芝生道：「我不是說這件事，昨晚咖啡館的事你忘記了嗎？」青萍笑道：「哦！你以為我會把這件事在電話裡告訴你嗎？這事已過去了，可是總得多謝你惦記。」她口裡說著，腳下便開始行走。曲芝生情不自禁的，也就隨在她旁邊走，因道：「黃小姐現在上班去？」她笑了一笑，臉上又表示著躊躇的樣子，略點了兩下頭道：「我今天上午沒事。」說著，回過頭來轉著眼珠望了他，又是微微一笑，再問道：「你相信不相信？」曲芝生對於她這個動作，覺得嫵媚極了，同時也不知道她這話是什麼意思，心裡一陣慌亂，也就想不到怎樣答覆，只有笑著，跟在後面走。

青萍並不回過頭來，只悄悄的問道：「你中午有約會嗎？」他笑道：「我已經把事情交代過去了。還有些小帳目，那用不著我自己跑。我也沒事，就請你吃中飯，要吃得舒服一點。我找一家熟識的下江館子，要兩個拿手菜，你看如何？」青萍笑道：「不，我請你。你忘了我是應當謝謝你嗎？不過你要去哪一家館子，我都可以聽便。」曲芝生看了餚表笑道：「現在快十一點，要吃飯也可以吃了，我們這就去好嗎？」青萍又回轉頭來向他望著笑，眼皮一撩，烏眼珠在長睫毛裡轉動著，似乎在這動作裡，就向他說了句什麼話。然後用很輕微的聲音答道：「我也有幾句話要和你談談，找個最好可以坐著談談的地方。」曲芝生聽了這話，覺得全身的毫毛孔都鬆動了一下，連說「那是自然，那是自然」。於是就很高興的把她引到一家江蘇館子裡來。茶房立刻把他二人引到單間裡去。青萍先站在窗子口上向外望了一望，然後隔了桌子角，與曲芝生坐下，將手提包隨便一放，就放在他面前。

曲芝生對於這種小事，自不怎麼加以注意。他所注意的，倒是黃小姐嘴上塗的口紅，和她頭髮上燙的波紋。黃小姐向他轉著眼珠微笑道：「你有什麼新感想，老是對我臉上望著？」曲芝生真不會想到她有如此一問，覺得用什麼話去答覆她，都不怎樣妥當，只好依然微笑著。青萍倒是很坦然的樣子，淡淡笑道：「現在雖然說是社會上交際文明得多了，可是男子和女子交朋友，總不能十分自然。」曲芝生道：「這話怎樣解釋呢？」青萍笑道：「比如你我之間吧，你總覺得有點新奇的滋味在裡面，不免老向我看著。」曲芝生看她面色很自然，便道：「黃小姐假如你不嫌我說話冒昧一點的話，我就直率的說出來了。平常一位小姐，若是裝飾得很好的話，猛然看著那總是很美的，可是看得稍久了，慢慢的就要把缺點完全暴露出來。黃小姐呢，卻是不然，越看越好看。因之，我只要有機會，總得向你多看看。我還得宣告一句，我這全是仰慕的意思，你不以為我這種舉動有點冒昧嗎？」青萍笑道：「這就是我說的，你有點不自然了。假如你交女朋友，和交男朋友一樣的看待，你就不會說看我就是冒昧，更也不會老看著我。我這個人的性情，你還不能摸著。我一切舉動都是坦白與自然，這樣的作風，不免有人看著近於放蕩。但是我也隨他們去揣測，反正我覺得怎樣自由，我就怎樣的去作。男人對於不認識的女子，倒還是贊成她自由的，若是成了朋友，那就不這麼想了。」曲芝生聽她這話，不待仔細考慮，就可以玩味到她言外之意，是說自己對她有了占有慾。

女人到了承認對手方占有了，這交情已不是一個平常的朋友了。心裡一高興，就覺得手足失措起來，不住的將手摸了臉又摸了頭髮。

這時正好是茶房泡著一壺好茶來了。他算有了一個搭訕的機會，立刻將兩隻茶杯，用茶先洗淨了，然後斟了一杯熱茶，兩手捧著，恭恭敬敬的送到她面前放著。青萍起身，略略點了兩點頭，又坐下來笑道：「我說曲先生，以後我們相處不必客氣，好不好？我希望你把我當一個男朋友看待，一切平常。」他笑道：「這也不見得有什麼特別呀？我是主人，我斟一杯茶送過來，這有什麼過分的嗎？」青萍端起杯子來微微的呷了口茶，向他抿了嘴笑著，很久沒有作聲。曲芝生笑道：黃小姐怎麼不說話了？你覺得我的話不是出於至誠嗎？，她右手扶了杯子，左手微彎著，手臂靠住了桌沿，昂起頭作個出神的樣子，然後微笑道：「我正想著一個問題呢。實不相瞞，我在交際場上，自覺是大為闊斧的行動，獨來獨往，沒有什麼人在很短的時間就可以和我交成朋友。可是對於你，竟是一個例外，現在我們好像是很熟了，這一點原因何在，我簡直想不出來，你能告訴我嗎？」曲芝生又是一陣奇癢，由心窩裡發了出來，抬出手來輕輕的搔了幾下頭髮，笑道：「我還不是一樣嗎？這兩年，我成天的忙著事業，慢說異性的朋友沒有結交過一個，就是男朋友也很少新交。你不提起，我也不敢開口，我真覺有千言萬語，想和你說一說。我也不知道什麼緣故，見到你就像很熟似的，可是這話我不敢說出來。」青萍瞥了他一眼笑道：「儘管說呀，話悶在肚子裡會爛了的。」曲芝生有了她這樣一句話，自不能把這好機會失掉，於是放出鄭重又親密的樣子，一連串的和她談了半小時的知心語。並說到有一批盧比，正想向銀行裡送，現在只好下午送去了。青萍只是微笑的聽著，並不答話。她忽然將手錶抬起來，看了一看笑道：「只管和你談話，我把一件很重要的事忘記交代，你等我一等，我出去一趟，十五分鐘以內準回來。」說畢，她也不待曲芝生同意，立刻就走了。

曲芝生見她匆匆而去，不但沒有拿手皮包，便是大衣也未曾穿，料著她出去不遠，自是安心等著。果然不到十五分鐘，她紅著面孔笑嘻嘻韻走回來了。曲芝生起身相迎，笑道：「事情辦完了嗎，沒有誤事？」她坐下來自斟一杯茶喝，笑道：「總算沒有誤事，現在可以吃飯了，下午我恐怕要到郊外去一趟。」曲芝生料著她有什麼重要事情發生，而女人的祕密，又不是隨便可以問的，便遵命立刻叫茶房預備上菜。五分鐘後，她又恢復了平常的態度，倆人自也從容的吃飯。約莫吃到半頓飯時，卻聽見這樓板上一陣雜亂的腳步聲，似乎來了不少的顧客。這當然與曲芝生無關，他也不去關心。

又過了五分鐘，忽然有一個很沉著的聲音，叫著青萍。曲芝生回頭看時，正是她的未婚夫區亞英又來了。區亞英兩手叉了腰，攔了房門站住，橫了眼道：「你今天還有什麼話說？」青萍也把臉紅了，站起來道：有什麼話說，難道我請客吃飯，還有什麼請不得嗎！力亞英道：「我不和你談私事，那張合約，還在你身上，你帶了到處跑，什麼意思？」青萍道：「合跟我交出去了，劉先生已交付了第一批款子五百萬。」亞英走著逼近了兩步，依然兩手叉了腰，問道：「款子你交付了嗎？」青萍道：「是兩張支票，我收在皮包裡。」亞英道：「我現在和一些朋友吃飯，不便和你聲張，我倆遲早有帳算。這一筆款子，不能放在你這裡。說著，把旁邊桌上兩隻皮包，一把抄起向腋下一夾，拿了就走。青萍叫道：嚇！那個大皮包，是人家的，你不能都拿了走。」亞英遙遠的答道：「我在樓上，誰的東西，誰到三層樓上來拿，我在這裡等著他。」曲芝生坐在那裡發呆，始終不敢交畝。當亞英拿著自己皮包去的時候，本想叫出來，因為青萍已喊出來了，那是人家的皮包，所以還是沒有作聲。這時，亞英交代到樓上去拿東西，分明知道他和一班朋友在那裡等著，這一班人是什麼角色，卻猜不出，反正他們來意不善，自己跑去拿東西，寡不敵眾，必定遭他們的暗算，好漢不吃眼前虧，實在去不得。可是真不去吧，那皮包裡藏著三百多萬盧比，好容易用盡了心機，在人家手上弄來，豈可輕易的丟了。他心中發急，臉上也變的通紅。青萍道：「曲先生不要緊，你那皮包，我完全負責，請你稍等一等，我去給你拿來。」曲芝生看她那分義形於色的樣子，倒怕她為了取這個皮包，又出什麼亂子，因和緩著語氣道：「希望黃小姐一切和平解決。」她自穿起大衣，一面向外走著，一面答道：「沒關係，公司裡幾千萬的東西，由我手上經過，也沒有出過一點亂子。」說話時，已經走上三層樓去了。

曲先生對了一桌子菜，無精打采的吃著飯、靜靜的聽去，樓上並沒有什麼爭吵聲。約莫有十來分鐘，一陣腳步響，有人直逼近這房門口，情不自禁的站了起來，向後退兩步，靠了窗戶口看時，來的人前面是黃小姐，緊跟著的是她的未婚夫，再後面是兩個穿制服的人。黃小姐正提著那個大提包，向屋子裡桌上一拋道：「曲先生，收著你的東西，我們自去辦交涉，沒有你的什麼事。」其中一個穿制服的喊道：「姓曲的，看你也是個體面人，為什麼幹拆白黨的勾當，你也脫不了手，我們兩張支票不見了，我們一路走。」另一個道：「一路走像什麼樣子，他有名有姓有字號，反正他跑不了，走吧。」說到那個「走」字，簇擁著黃小姐走了。

曲芝生直等聽不到腳步響了，趕快取過皮包，開啟來看，檢查裡面東西，大小厚薄的，樣樣俱在，就是剛由老商手上取得的那一批盧比，卻是一張不曾留下。瞪了兩眼，望著皮包，人都氣得癱軟了。他出了一會神，心想莫非黃小姐做成一個圈套來害我？不會不會，自我第一次看到她起，我就知道她是位十足的闊小姐，她對於幾百萬塊錢，大可以不放在心上，不見她將那重要的合約丟了，也毫不在乎嗎？那麼，這筆錢是那個姓區的拿去了，看他那個樣子，原來把我的皮包拿去，是出於無心，拿去之後，發現我皮包裡有那些盧比，這就見財起意了。錢的數目太多了，這含糊不得，一定要追了回來，不過要用什麼法子追回來呢？自己既沒有親手把盧比交在人家手上，也無法找個什麼人來證明，皮包確是姓區的拿去過的，又經黃小姐取回來了。和姓區的要錢呢，這交涉不好辦。自己曾約著人家的未婚妻，單獨在這裡吃飯，自己先就無理了。還有同伴的那兩個傢伙，他竟說是丟了兩張支票，那樣子還打算訛詐我一下子，若去找他，少不了是一番重大交涉，甚至打官司。若說找黃小姐呢，並沒有親手點交給她什麼，她怎能承認賠償這款子？憑良心說，人家始終以好意對待，怎好反去咬她一日？

曲芝生就這樣自問自答，呆坐在這飯館的單間裡，足足有半小時，無論如何也想不出一個適當的法子來解決。還是那個熟茶房進來了兩三次，送茶送水，他感覺得老坐著是不成話，只好會了飯帳，夾著那吐出了大批盧比的大皮包，無精打采的走去。他總還有幾個可共心腹的朋友，自然要把這件事去分別請教。

卻說亞英和那兩個朋友，簇擁著黃小姐出了飯館，自向他的旅館而去，掩上房門，大家呵呵大笑。青萍臉上倒還鎮定，只管抱了膝蓋，坐著繃緊了面皮道：「我也無非是對這種下流一個懲戒，這姓曲的小子丟了這一筆錢，料著他不能善罷干休，那不要緊，有什麼大不了的事情，都有我姓黃的出來抵擋。」亞英笑道：「有什麼了不得呢？他要敢出面辦交涉，我要他的好看。」那兩個男友便不約而同的笑道：「揍這小子一頓。」青萍道：「打架就下流了，要打架，我也不這樣懲他。」說到這裡，她忽然注視桌上一個大手絹包，胸脯挺了一挺，臉色也正了一正，她道：「這批款子，雖然不小，但我名黃的絕不要一文。我以前就說過了，如今重複宣告這一句話，我要用無名氏的名義獻給國家，最遲在三天以內，就要在報上宣布這條新聞，這個錢在手上停留不得，停留著就有很大的嫌疑。亞英，你今天可以下鄉去避開兩天，免得那姓曲的小子找到你，究竟有點麻煩，等著這筆款子宣布了用途，那讓他有苦說不出。」亞英笑道：「怕什麼，我料他莫奈我何。」青萍臉上帶了俏皮的笑容，將眼睛微微的瞪著他，亞英一見，最是受不了，使笑道：「我去就是了。」青萍道：「那很好，明天後天。」說著，她將右手比了左手的手指計算著，接著道：「後天上午十二點以前，我自己開了小車子來接你。」

亞英見她許了這樣優厚一個條件，更是決定下鄉。因為和她訂婚以後，家庭已經曉得了，自己也只好寫一封信回去稟告雙親。只是父親輕描淡寫的回覆了幾個字，沒有什麼贊同的懇切表示。自己曾想，約著她下鄉同去見見家人，卻沒有敢開口。如今她自動的要去，那正是合了心計，便答應了馬上就走。

青萍倒沒有什麼不信任，提了那個大手絹包在手，向他和兩位男友點個頭道：「我先去辦好這件事，自己站定腳跟。亞英，後天見。」說著提了手絹包走了。兩位男友，同時向亞英讚美黃小姐。他笑道：「這個女孩子，不但漂亮，聰明絕頂，也厲害絕頂，你看她把這筆款子，用無名氏的名義，獻給了國家，那姓曲的有什麼法子對付她？料他毀謗的話，也不敢說一句。」一個男友道：「這倒罷了。她怎麼就會知道姓曲的手上有一大筆現款呢？」亞英道：「今天不是比期嗎？她先和姓曲的五金號裡通了個電話，託名某銀行的張小姐。正要探出他一點口氣，碰巧他們那邊的管事誤會了，說那三百多萬盧比，已到銀號去拿了。黃小姐知道姓曲的小子有了錢，就打算動手。剛才在銀行區碰到了他，姓曲的邀去吃飯，他自己說了三百多萬盧比，在皮包裡還沒有換。於是在十分鐘之內，用電話遣兵調將。我想著，還未必馬到成功，直等開啟皮包，整疊的盧比，分文不少。我才佩服她料得定，辦得快。」說畢，哈哈大笑。

一方之強

在這幕喜劇以後的幾小時，區亞英回到了家裡。這時區家老太爺在小鎮上坐完了小茶館，打著燈籠回家，一進門看到二兒子穿了一套漂亮的西服，坐著和家人圍燈閒話，桌上堆著幾個紙包，是糖果餅乾五香花生米等類，大家吃得有說有笑。亞英見到爸爸，立刻站起來雙手接過手杖燈籠。

區老先生見他頭髮梳得溜光，笑道：「現在你們都變了個人，幾乎比戰前還要自在些。」亞男坐在桌子邊吃花生米，將頭一扭道：「你老人家說這話，我不承認，這『你們』也包括我在內嗎？我可沒有比戰前過得舒服，這花生米很好，來兩粒吧？」說著抓了把花生米，送到父親手上。區老先生在旁邊一張籐椅子上坐了，看看兒子，又看看女兒，笑道：「雖然如此，這些時候，你也比以前幾個月舒服得多了。香港帶來的皮鞋、手錶、自來水筆，這不都是你所想的，而居然都有了嗎？蜜蜂牌毛繩的短大衣不算，陰丹士林大褂一作便是兩件。」區老太坐在桌子正面吃花生糖呢，便插嘴道：「這在戰前算得了什麼呢，如今都成了奢侈品了。」亞男和亞英坐在一排，順手將他西服小口袋裡的一條花綢手絹抽了出來，在桌上摺疊著，笑道：「真是奇怪，在戰前我真不愛穿陰丹布大褂。入川以後，先看到人家穿，便覺得是這裡人的特別嗜好，布越來越貴，大家越是要穿，我也就感覺到經洗不脫色，值得穿了。」亞英笑道：「這個道理，有兩件事可以為例，在下江便是半年不吃魚，也無所謂，到了四川魚貴了，就特別想吃。還有大小英牌香菸，那真是普通極了的東西，我就少看到中產階級的人吸，現在這菸慢慢少了，就越吸越有味。」他這樣說著，正是要把父親將發的一篇議論，趕快拉扯開去。但是看到亞男只管把那塊花綢手絹在桌上摺疊著，便向著她笑道：「桌上髒得很。」

終於是引起了老太爺的話了，問道：「這條花綢手絹，值不少的錢吧？這完全是奢侈品，我不曾見哪個穿西服的，把那小口袋裡的花綢手絹，擦痰抹鼻涕。」亞英笑道：「不相干，人家送的。」亞男笑道：「說起來，爸爸未必相信，人家送他的東西，比這值錢的那就多了。」她說著很快的跑進屋子裡去，把那件海勃絨男大衣拿了出來，提著衣領站在屋子中間抖了幾抖，笑道：「爸爸，你看這也是人家送二哥的。」老太爺偏著頭看了看道：「無論是買的，或者是人家送的，都不應該。我們回想前半年吧，日子還過得很艱苦，如今一天比一天奢華，縱然沒有發國難財，人家也要說我們發國難財。我總有點死心眼，我不願意肯上這個恥辱的稱呼。」

亞英沒什麼說的，拿了一粒糖果，慢慢地撕著上面的包紙，發著微笑。區老太太道：「青年人都愛個好看，人家送的東西就讓他穿吧。」老太爺道：「當然讓他穿，我也不能教他收起來，也不能教他賣掉。不過我感慨是有的。」亞男笑道：「賣掉那可使不得，這是二哥的寶物，爸爸你猜是誰送給他的？」區老太爺冷笑道：「還不是李狗子和老褚這一對寶貝？貧兒乍富，如同受罪！他們有了錢，不知怎樣是好。」亞男向父親睃了一眼，撇了嘴微笑道：「送這樣重的禮，落不到一聲好，還要讓人家罵是受罪。二哥若是把這話告訴那個送禮的人，她要氣死！」區老太爺道：「我倒不是埋沒人家的好意，只是胡亂花錢，暴殄天物，何不少花幾個，少發幾個國難財？大家都存下這個念頭，對國家是不無補益的，這話就是告訴送禮的，我也是出於正義感。」

亞男將大衣交給了亞英，回轉身來面對了父親笑道：「您老人家越說越遠，這是我們那位沒過門的二嫂子送的，你看人家手筆好大。」區老太爺聽了這個報告，臉色有點變動，便望了亞英問道；「是黃小姐買的，還是……」亞英立刻答道：「是在拍賣行裡收的舊貨，也是事出偶然，有一天去逛拍賣行，看到這件衣服相當的新，而又不怎麼貴，她就給我買下了。」說到這個「她」字，他的聲音是非常微細的。區老太爺銜著雪茄噴了一口菸，在和平的臉色上，似乎還帶了三分嚴肅的意味，因道：「提到你的婚姻，現在作父母的當然不必去多事。不過父子的關係太密切了，你有什麼大問題發生，不能說毫無牽涉，就算毫無牽涉，作父母的人總也望兒女的婚姻十分圓滿。」

亞英一聽父親這個話帽子，並不怎樣好戴，以下的話恐怕要趨於嚴重，可又不敢攔著父親的話。因伏在桌上剝糖紙，輕輕地咳嗽兩聲。不但是他，全家人都和他捏著一把汗，生怕老太爺的話，將使他受不了。老太爺繼續著道：「這位黃小姐，我看到過的，而且也聽到過她的談吐。在學問和人才上，只有你配不過她的，她肯和你訂婚，那真是個奇蹟。」全家人不想在那嚴重話帽子下，竟是這幾句極好聽的話，大家打了個照面，而亞英已是忍不住而露出笑容來。停了一下，老太爺又道：「可是，這個奇蹟，是可以相當考慮的。你大哥年紀大些，閱世稍深，他就和我談過。你和亞杰知識水準，都還不夠一個標準大學生呢。不想你們幾個月工夫，被那極容易賺來的錢，帶上了奢侈生活的路線，將來這容易錢賺不到的時候，那又怎麼辦呢？自然，真賺不到容易錢的時候，你們的生活，也不許可你不改回來。只是再進一步，組織下一個生活奢侈的家庭，那就難說，甚至演變成一幕悲劇，也未可定。我深知道黃小姐是出入富貴人家，物質享受很多的人，不然，在這種一滴汽油一點血的日子，上次也不會隨便的開一輛小汽車，把我送到郊外家裡來。談起那回她用專車送我們下鄉的事，到現在我還覺得是盛情可感。但要人家來作我的兒媳婦，那我就受寵若驚了。」

說到這裡，除了亞英，大家都不禁微微一笑。那位整日忙於處理家務的大少奶，坐在一邊矮椅子上，哄著孩子吃糖，也嘻嘻的笑了。老太爺憑著這點表現，又發了他的新感想，手夾了半截雪茄，向大家兜圈兒指著，因道：「我們這家庭相當和睦，不管現在每天可以買一斤肉，幾個雞蛋情形之下，和以前吃生泡菜下飯的日子是一樣。晚上沒事，大家圍坐在燈下，可以隨便說笑，我們這位大少奶奶，走出竈房，撲去身上的煤灰，也不失為座談會裡的一角。若是我們家裡憑空添上一位坐小汽車的少奶奶，恐怕就不大願意加入這種座談會了。自然，我不希望她也進出廚房，但這種圍菜油燈的座談會，縱然每日都有，像今天的糖果花生米助興，依然不會感到興趣，何況這是幾個月難有一回的事。舉此為例，我可以預想到結果是要另組華麗的小家庭了。這『小』字還是指主人的單位而言，並非說家庭形式是小的。那麼，你區亞英的負擔，可就不十分輕，這些問題，不知道你考慮過沒有？雖然我今天說出來已無濟於事，但我得告訴你。完了。」

他像演說一樣，最後他贅著完了兩個字，這倒不是開玩笑，是他表示著不再有什麼批評了。亞英本也料父親有許多嚴厲的話要說，現在將全篇話聽完，覺得還是相當近情理的，他也不能再有什麼話說，只是繼續剝了糖果吃。區老太太坐在桌邊，看看他默然的樣子，因道：「我很同意你父親的話。我們究竟是個清寒人家，大概她還不大明瞭我們家庭是怎麼一種情形，就怕她一看我們的家庭，就要大為失望。」亞英這才答道：「這種情形，當然我是知道的。不過我也幾次和她提到過，她的表示說起來，是令人難以相信的。她說她現在沒有家庭，和幾位有錢的太太小姐來往，不能太寒素，這對於她精神上，不但沒有什麼安慰，而且覺得很是苦惱。所以她屢次向我表示，願意衝出這個範圍，過著清淡的生活，而且還願意有個向國家社會服務的機會。」亞男聽了這話，只管向他微笑。等他說完，便道：「你倒是一個良好的宣傳家。」亞英正色道：「我不是宣傳家，還有個老大的證明，後天她是會親自到我們家來。」亞男道：「真的她會來？這條路上搭公共汽車，是太傷腦筋的事。有人護送她來嗎？」亞英道：「她原是說後天開小車子來接我進城，我想她或者是不好意思說拜見公婆，所以才這樣說的。」

區老太太聽了亞男的報告，知道這位小姐已經摩登到了頂點，摩登小姐眼裡的公婆，也就是那麼一回事。而且許多摩登小姐，和男人訂婚，唯一的條件就是不和婆婆住在一處。這本來是舊社會惡婆婆留下的印象太深，教這些有新知識的女子，不敢領教，對於這位黃小姐就也不必存下什麼奢望。這時聽到說黃小姐要來拜見公婆，便感到喜出望外，心裡那份不然，先軟化了一半。因道：「若是真會來的話，我們也不必擺起舊家庭那份規矩了，請她吃頓中飯吧。」說著，她望了老太爺的面色。老太爺點點頭淡笑道：「時代不同了，作公婆的要開明一點，不必像當年大少奶結婚一樣，見面深深三鞠躬。大少奶，你覺得委屈嗎？」大少奶沒想到話題轉到她的身上，「喲」了一聲道：「爸爸，說這樣客氣的話，我們是落伍的女子，只覺得尊敬公婆，乃是理所當然。」老太爺道：「也不是那樣講。家庭制度，不免隨了時代變，假使你和亞雄在今日結婚，當然會免除了你見面三鞠躬，而也絕不單勞苦你一個人，總讓你一人下廚房的。」亞英聽了，覺得這話題的反面，都疑心到青萍不是一種家庭婦女，便笑道：「我也不能替她辯護，等到後天她來了，可以看看她的態度。」老太爺總是有點姑息兒子的，見亞英面孔紅紅的，好像是憋著一肚子的氣，就笑著把這話扯開。

次日就開始籌辦菜餚，預備歡迎這位新少奶奶。亞英對於家庭這個態度，也相當滿意，青萍來了，相信不會失望的。他希望青萍看得這家庭更為滿意一點，那熱情自又在一般家人之上。他除了將各屋子裡的桌椅板凳，都代為整理洗刷之外，便是門口空地裡的亂草，也給他整理得整齊。家中人雖看到他的行為有點過分，但誰都知道黃小姐是極漂亮的人物，亞英有這樣一個好老婆，其必竭力使她高興，也是當然。第三天上午十點鐘以後，亞英就獨自到公路上去等著，免得她下了車子，找不著小路。等了兩三小時，等得又餓又渴，可是每輛小汽車跑來面前，都緊張地觀察一下。不但沒有見到黃小姐，就是任何樣的女子，也不曾看到。他想著青萍是起身得晚的，九十點鐘起床，化妝換衣服，或許要採辦禮物，上午就完全過去了。所以她要來的話，應該是下午，家裡預備了許多菜，請不著她吃午飯，請她吃晚飯，那還是一樣。自己在公路上等，家中人又在家中等，大家都不耐煩，還是讓自己一個人不耐煩吧。於是暫拋下等候的心情，走回家去代黃小姐宣告，上午大概是不能來的。

家人因他兩日來在家裡小心布置，已料定黃小姐會來，大家安心的等著，連區老太太也怕這位未過門的摩登兒媳婦見笑，穿了一件乾淨的藍布罩衫，罩在棉袍子上。這時亞英單獨由公路上次來，大家的興致就感到沖淡了不少。但全家人並沒有哪個強請黃小姐來，她不來也無須先訂這個虛約，料著她下午還是會來的。亞英匆匆吃過午飯，二次又到公路上去等，由一點直等到三點鐘，還是不見黃小姐來。他這就有點奇怪了，那天她說開車到鄉下來，說了好幾次，那絕不是自己聽錯，自己根本不敢要求她來拜見父母，何必撒上這麼一個謊話？她是沒有汽車的，可能是她沒有借到小車子，也可能她忽然發生了一點小毛病，此外也可能是那曲芝生找著她麻煩。若是最後一個猜法不錯，那就還應當趕快進城去替她解決困難。想到這裡，不免抄了兩手在西服褲袋裡，只管在公路上不住的徘徊。自己也不知道徘徊了多久，偶然一抬頭，卻看到西邊雲霧消沉的天際，透出了一層層的橘色光彩，那歸巢的鴉雀，三三兩兩的，由頭上悠然飛過去，那顯然是表現著天色將晚。亞英再抬頭看看天色，又向公路的盡頭看看公路的最末端，和那附近的小山崗子，都已沉埋到煙雲叢中去了。

情況很清楚，黃小姐除非決定了就住在未曾過門的夫家，不然她絕不會這個時候來的。她好端端要開這樣一張空頭支票，讓自己在家裡丟了個面子，那還事小，而對她黃青萍也留下一個極不好的印象。可是話又說回來了，她並沒有叫我向家庭宣布，那實在是自己太樂觀了，竟肯定的向家人宣布了她會來。這與其說她拆了自己一個濫汙，不如說是自己拆了她一個濫汙，那麼，這份責任讓自己擔當起來吧。他這樣想著，忽聽得有人大聲叫道：「二哥回去吧，大概是不會來的了。」看時，亞男老遠的由小路插上了大路。原來自己想著心事，腳只管順了向重慶的方向走，已經走有小半公里了。於是回轉身來，迎著妹妹道：「真是奇怪，她怎麼會不來的呢？她再三向我說著，一定會來的。」亞男笑道：「你都猜不出她不來的理由，別人怎麼猜得出來呢？我倒謝謝她這個約會，全家借了這個機會，大大的打了一個牙祭。」亞英料著全家人都大為掃興，為了減少家中人一部分不滿起見，決定將任何譴責的言辭，都一律承受了。因之和妹妹走回家去。一進門就連連說了幾句「掃興」。可是家裡人好像有一種默契，對青萍失信，並沒有說什麼，作好了的許多菜餚，全家飽吃了一頓晚飯。這樣讓亞英心裡更是難過，除了向家人解釋之外，晚上還故意裝出很快活的樣子，夜談了很久的時間。可是到了臥室裡去睡覺的時候，心裡卻喊出了一千遍「豈有此理」！他自己也不明白是什麼緣故，簡直無法安睡下來。

第二日天不亮，就起來了。好容易熬到家裡經常起早的大奶奶出了房門了，就要了一盆冷水洗臉，說是城裡有事，向她留下兩句話，就走了。到了重慶，先回旅館。看看青萍留有什麼字條沒有。卻是猜個正著，茶房送著茶水進來，同時送上了一封洋式淡紅信封。雖沒下款，只看那自來水筆寫著幾行纖秀的字，就知道是青萍留下的信。心想：我就猜著，她不下鄉，一定有個原因，現在看她說的原因吧。於是這就拆開信來，倒是簡簡單單的幾句話，寫在一張薄信箋上：

英：

請你原諒我，我離開重慶了。也許兩三個月內我可以回來。臨時匆匆登機，來不及詳敘。到達目的地後，我有工夫，會給你寫一封詳細報告信的。最後我忠告你一句，你還是下鄉去苦幹吧。

青萍留上亞英看了這張短箋，簡直是讓電觸了一下，由心臟到頭皮，都震動起來。手裡捧了那張信箋，只管顫抖。站在房間當中，人都呆過去了。將信紙信封反覆仔細看看，又送在鼻子上嗅嗅，頗也有點脂粉香味，心裡想著，她說登機匆匆，自是走了。可是由這信封上看去，好像寫得很從容，而且這信封上有香氣，也和她往常寫情書的態度一樣，並不是隨便拿一個信封來寫的。他想到這裡，拿了那信，倒在沙發上，詳細的看上兩三遍，不由將手掌把大腿拍了一下，叫道：「這樣子有心坑我。對的！她有心去邀我騙人家一票盧比，坐飛機到仰光，過快活生活去了，哪裡是用這錢去獻給國家？是獻給黃小姐了！」想著想著，又把信後兩句話看上一遍，她倒忠告我兩句：「還是下鄉去苦幹吧。」那意思是說我沒出息，不配在城裡混啦。她根本不把我看得怎樣的高，像她那樣自負不凡的人，肯和我這應該在鄉下苦幹小販的人訂婚嗎？她這樣幹，不但是騙了曲芝生，還騙了我區亞英。於是把信紙塞在信封裡收好，塞到口袋裡去，呆坐著，吸了兩支菸卷，又斟了半杯茶喝著。心裡繼續的想著，她利用我去敲姓曲的那一下竹槓，那沒關係，我只算作了個粉紅色的夢。可是許多人知道我和她訂了婚，這不是一場絕大的笑話嗎？他坐著想想，又站起來想想，最後就戴上了帽子，連房門也忘了叮囑茶房去鎖著，向外便跑。

他有個想法，青萍是坐飛機走的，在航空公司多少可以找到她一點訊息，坐飛機要登記的，一查登記簿子，就十分明白了。他覺得這是一條捷徑，並沒有什麼考量，直接就向航空公司走去。半路上有人叫道：「亞英，哪裡去？向航空公司去？」他不覺吃了一驚，哪裡來的神仙，把自己心窩裡的事都喊叫出來了！抬頭看時，卻是二小姐，由人力車上下來。她迎上前來抓住他的衣袖道：「亞英，你下鄉什麼時候回來的？我四處八方找你呀。」亞英被她牽引到行人路旁邊，站在小巷子口上，好像是故意避開熱鬧地方似的，便笑道：「鄭而重之的，有什麼重要的事告訴我嗎？」她向他臉色看看，搖搖頭道：「二弟，你還打算瞞我不成，小黃坐飛機走了呵！我想你也是要去買飛機票，追到仰光去吧？」亞英道：「你知道她去仰光了？」二小姐又把他扯進小巷子裡一截路，看看無人，因道：「這女孩子好厲害，所有她認識的人，都被她騙了。事有湊巧，她昨天早上上飛機的時候，溫五爺也去飛機場送客，親眼看見她走的。只是可惜去晚了，僅僅只有五分鐘的耽擱，飛機就飛了。大概他也吃了她一點小虧。可是五爺是個體面人，不使在飛機場上攔著她。晚上次家談起，才知道二奶奶被她騙去一隻鑽戒。我呢，有點現款小損失，那也不必提了。今天往各處一通電話，凡是相熟的人，都讓她借去一點珍貴的小件東西，看這樣子是存心騙人，一去不回了。你有損失嗎？」

亞英聽說，臉上青一陣，紅一陣，勉強笑道：「我有什麼損失，我比她窮得多。」二小姐道：「你是知道她走了才進城來的嗎？」亞英道：「我回到旅館的時候，接著她一封信，才知道的。」二小姐笑道：「反正不吃虧，作了一個短時期的夫婚夫妻，回頭再談吧，我要去打聽一件事情。」亞英道：「青萍這一走，走得稀奇，你可不可以多告訴我一點訊息？」二小姐道：「我所知道的，也不過如此罷了。據五爺的司機說，這一個星期來，他在你們原來住家的所在，碰到過她好幾回，上坡下坡，都是一個人獨自走，並沒有坐轎子。那司機有朋友住在那裡，打聽之下，說是她也住在那裡，怪不怪呢。這一條路，她向來沒有對人說過，其中必有祕密，那是你們舊地，一定很熟，你何不到那裡訪問訪問呢？」亞英道：「她向來也沒說過這件事，真有點奇怪。」二小姐看看手錶，笑道：「不必失意，好看的女人多著呢。」她說著匆匆而去，她也是個時代產兒，打游擊的女商人，亞英無法追著她問。她既是給了一點採訪的線索，就不妨探尋試試看。

他這樣盤算，十五分鐘內，就走到了舊居的所在。那裡被炸之後，房屋原是變成了一堆瓦礫，現在來看瓦礫不見了，又蓋了好幾所小洋房，為了這個原故，也有點改著方向。倒是舊路轉彎的所在，那爿茶館還存在，而茶館隔壁，又開了所相通的大茶館，門首還有兩方櫃檯，左面是紙菸糖果店，右面是小百貨店，自然是原來的茶館擴充了。正這樣打量著，那茶館裡有人叫出來道：「區先生，好久不見，喫茶嗎？」看時，那人穿了一套青呢中山服，口袋上也夾著自來水筆，倒像個公務人員。不過雖在家裡，他頭上還戴著一頂盆式呢帽，卻是個特點。亞英笑道：「原來是宗保長，你發福了，我都不認識你了，很好吧？」說著，也就隨腳走進茶館來。宗保長連忙叫人泡茶。亞英坐下，宗保長又隨便在紙菸櫃上取了一盒紙菸來拆開，抽出一支敬客。宗保長坐下相陪，斟開水壺的麼師，倒是不斷的伺候著他，給他拿一隻五寸長吸紙菸的菸嘴子，又給他送上一隻精緻的茶碗。亞英笑道：「宗保長，這爿茶館大大的擴充，是你開設的字號之一嗎？」他笑著點點頭道：「不算是我開的，有點關係罷了。」亞英笑道：「這些時候，宗保長發了點小財吧？」宗保長取了紙菸在菸嘴子裡吸上一支，然後發言道：「真是難說，現在生活高，啥子傢俬不是一漲價幾倍。為了公事忙，生意就照顧不來，不蝕本就很好，尋不到啥子錢。」

亞英看他這一身穿著，又看他滿面風光，分明是生活有個相當的辦法，自己並非探聽保長生活來的，這倒無須去和他深辯，端著茶碗喝了口茶，因笑道：「我今天到這裡來，有點小小的事情請教。」宗保長連稱好說好說。亞英道：「真的，有一件事向你打聽，你這一區裡，有一個摩登小姐單獨住家嗎？」宗保長偏著頭想了一想，搖搖頭道：「沒得。你說是姓啥子的嗎？」亞英於是把青萍的面貌姿態形容了一番，又說她能國語，能川語，又能說蘇白。宗保長道：「有這樣一個人，三天兩天改裝，有時穿大衣，有時候穿洋裝，大衣就有好幾件，皮的，呢的，各樣的都有。有時候又穿旗袍，是大紅綢子的周圍滾著白邊。」亞英道：我就問的是這個人，她姓黃，也許她說是我本家，就不知道她報戶口，報的姓什麼？宗保長笑道：「她不住在這裡，這裡五十二號有家姓張的，她常來她們家作客。她是位小姐嗎？有時候她同一個穿洋裝的人，同去同來。那人好像是她老闆，又好像是她兄弟。」亞英心裡倒跳了兩跳，但強自鎮定著，笑問道：「你是根據哪一點觀察出來的呢？」宗保長道：「要說是她丈夫吧，那人年紀太輕，還是個小娃。要說是她兄弟，兩個人親熱得很。我長這麼大歲數，沒看到哪個兄弟姊妹會有這樣親熱的。」亞英聽到這裡，覺得有點路數了。正待跟著向下問，只見一個穿舊布大褂，赤著雙腳的人，黃黝的臉上，眉眼全帶了愁苦的樣子，抱著拳頭，向宗保長拱了拱，帶著慘笑道：「宗保長，這件事，無論朗格，都要請你幫幫忙。」說著，他那滿生了雞皮皺紋的右手，伸到懷裡去摸索了一陣，摸出一卷鈔票，顫巍巍的送到他面前來。宗保長向亞英看了一眼，臉上似乎帶有三分尷尬，卻不接那錢，手扶了嘴角上的菸嘴子，斜了眼看那錢道：「不忙嗎，好歹我把東西替你辦來就是。」那人已把錢掏出來了，怎敢收了回去，便走向前半步悄悄地將鈔票放在桌角上。宗保長道：「就是嗎，耍一下兒來。」那人鞠著半個躬，然後走了。

宗保長斜靠了桌沿坐著，銜了紙菸嘴子，要吸不吸的看著那人走出茶館去，然後回轉頭來向亞英笑道：「地面上事真羅連得很，買柴買米都要保甲作證明，吃自己的飯，天天管別個的閒事，這個人就是託我買相因傢伙的，你看，又是來羅連的。」說著，他扯出嘴角上的菸嘴子，向茶館外面指了去。

亞英向外看時，共來三個人，一個短裝，兩個長衣，都像是小生意買賣人的樣子。他們走進門來同向宗保長點著頭。宗保長站起來相迎，說了句「喫茶嗎？」其中一個年紀大些的向他陪著笑道：「我們還有事，說兩句話就走。還是那件事，我們這三家，打算共出一個人，要不要得？一家出人，一家出錢，一家出衣服……」宗保長不等他說完，把頭向後一仰，微翻著眼道：說啥子空話！你們以為是我要人，我要錢，沒有把公事給你們看！那另外兩個人已經走到裡面去了，其中那個穿短衣的人叫道：「宗保長請過來嗎，我和你說嗎。」宗保長隨手將那捲鈔票拿起，揣在身上，向亞英點了個頭，說句請坐下，自向裡面去了。

亞英遙看他四個人唧唧咕咕的說了一陣，那宗保長的臉色緊張一陣，含笑一陣，頗有點舞台作風。心想：這些來找保長的人，似乎都有點尷尬，大概是為了有生人在這裡，所以見面說話，老是半吞半吐的。為了給人家方便，還是自己走開吧。正待起身，卻見一個半白鬍子的生意人，身穿半新陰丹大褂，罩著了舊羊皮袍。頭上照例戴一頂入門不脫垂邊醬色舊呢帽，而呢帽裡面還用一條手絹包著頭，這可以說頭上是雙重保護，而下面呢，卻是赤了雙腳，踏著一雙新草鞋。他手上捧了一疊紅紙帖，口裡叫著「保長」，直接向裡面走來。

亞英想這又是新鮮，且看看是什麼玩意。立刻聽到宗保長笑了出來，連道：「王老闆，你來得正好，你來得正好。我帶你來請教我老師。」說著，把那個老頭直引到亞英面前來。亞英站起來讓坐時，宗保長道：「區先生，不要客氣，我正要向你請教哩。」郝芏老闆手捧著紅紙帖兒連連的拱了幾下手道：「請教，請教！」亞英笑著望了宗保長道：「貴地方上的事情，我可百分之百的外行。」宗保長拉了亞英的手坐下，又遞上一支紙菸，然後笑道：不是區先生來了，我硬是不曉得怎樣下筆咯。這個月十六日，是我祖老太太一百歲生日，地方上一班朋友，硬要替我熱鬧一下，我朗格都辭不脫。」亞英不由把身子向上升了一升，問道。「一百歲，那應當熱鬧一下子呀。這是陪都的人瑞，不但朋友們要熱鬧一下子，而且還應當呈請政府給獎呢。」宗保長道：「不對頭，要是我祖老太太還活在世上，那還用說，自然要向政府請獎。他們是替我老太太作陰壽，為哈子要作陰壽呢？我這位祖母二十多歲守寡，守到七十歲，硬是苦了一輩子，朋友說趁她老人家這一百歲的日子，請請菩薩，念一堂經，讓她早昇天界。我想，我現在混得有一碗飯吃，也是這位過世的祖母保佑的，她在世的日子很喜歡我，等我長大成人，她又去世了。我沒得機會盡我的孝心，如今給她作個百歲陰壽也好，我這樣一點頭，朋友們就駕試起來羅。這位王老闆，是前面這條街上的甲長，他就最熱心。」

亞英聽了他這番解釋，已知他和祖母辦一百歲陰壽是怎麼回事。便笑道：「那算我趕到了這場熱鬧，到那天我一定前來拜賀。」宗保長笑道：「我先請教了再說，他們都教我下請帖，我說那要不得，作陰壽究竟和作陽壽不同。去年年底，我自己就作過一次生日，還不到一年，又來一趟，那有點招搖。我辦這件事是姜太公釣魚，願者上鉤，我就只下一張知單。知單是預備了，硬是一句也不說明，那又不妥當，剔個曉得啥子事請客？所以我想在這知單前面寫上幾句話，區先生請教請教。」說著又遞了一支菸過來。亞英自也不便推卻，笑道：「這也是酬世錦囊上所找不到的例子，好在宗保長剛才和我所說的那段話，理由就很充足，就把這段話寫在知單前面就是。」宗保長聽這話，表示著很得意，向王甲長笑道：「我就說過，我那個辦法要得，果然如此，快拿筆硯來。」他突然昂起頭來，在人叢中喊叫了出去。

麼師隨聲捧著筆硯來。原來那兩個長衣人和一個短衣人，也跟著過來。短衣人笑道：宗保長，請不請我們吃酒？宗保長把口角裡銜的短旱菸袋，取了出來，指著他道：「你們三位嗎，只要在公事上少和我扯兩回拐，我的私事倒是不敢煩勞大駕咯。」那短衣人抱著拳頭就連連拱了幾下，笑著說：「言重，言重。」

宗保長對於這三個人，似乎有些感到興趣，雖是和亞英正有要事商量，他還是抽出身子來和他們辦交涉。因道：我並不是說笑話，在這地面上為公家服務，公事要大家幫忙，私事也要大家幫忙，大家在私交上儘管對我很好，公事上讓我脫不得手……他說話，一句的聲浪比一句高，說到這裡，已經是透著一點生氣的樣子。三人中一個年紀大些的攔著笑道：「就是就是，都照宗保長辦，請過來我和你說。」宗保長綳了臉道：「咬啥子耳朵，別個不曉得，說是開色袱。」他說是說了，可是人依然走了過去。這次不在茶館裡說話，到街上一同轉進一條冷巷子裡去了。

亞英這就想到，別看他僅僅是作了個保長，在這幾條街上施展得開的，那還只有他。為作陰壽而請酒受賀，在中國社會上，雖有這個可笑的習慣，但必須風氣極閉塞的地方才會存在，這不過是打秋風。至於繁華開通地面，打秋風的辦法有的是，借做陰壽為名的，卻漸漸地少了。而宗保長呢，新之舊之，左之右之，盡可隨便。他心裡這樣想著，臉上就不住發出微笑。王甲長看了，宗保長已經走遠，便低聲笑道：「區先生，你說這件事笑人嗎？」亞英笑了笑。王甲長道：「這件事瞞上不瞞下，說明了也不生啥子關係。你想嗎，在保甲上作事，這條身子就賣給公家了。由早晨到天黑，沒得一下子空，有時天不亮就要起來，這樣的忙，你說自己的生活，朗格管得過來，為公家作事，就要在公家打點主意過生活，這是天公道地的事嗎！所以 年之內，我們總要想點辦法。宗保長自己還年輕，自己剛作生日，他又沒得老太爺老太太，我們想來想去，沒得相因的法子，只有把他祖老太太請出來作陰壽。好在大家明白，就是這麼回事，作陰壽作陽壽，那是個名堂，不生關係。」

亞英看這位王老闆，手不住摸理著鬍子說話，分明是他對於他們的地位表示著一分得意，因笑道：「當一名保長，在地面上無異當了一個小縣官，你說對不對？」王甲長道：「朗格不是。你看那三個和宗保長辦交涉的人，就不容易得到他一句話。若是得了他一句話，那就要省好多事了。本來他們三家鋪子，要推三個人出來，只要保長肯和他擔一點擔子，三家出一個人就要得了。你看，這一句話要值多少錢嗎？」亞英點點頭道：「保長自然有這種權利，但是果然答應少出兩個人，又豈不耽誤了公事？」王甲長將右手伸在嘴巴上向下一抹，齊根理了一下鬍子，表示著他那分得意。這就笑道：「公事也不是定價不二的事情。俗言道，保甲長到門，不是要錢，就是要人。要好多，出好多，老百姓朗格擔待得起？出錢出人，根本就有個折頭，譬如說，要出一百個人，我們保甲上就說要兩百個人，根本就可以還價。」亞英笑道：「那麼，要錢呢。」王甲長笑道：「還不是一樣？我想這一類的事情，區先生你不會不曉得，你不過故意這樣問就是了。」亞英笑道：「曉是曉得一點，不過我想這一類的事情，應該出在鄉下，不會出在這戰時的重慶。」

王甲長只說了句「城裡比鄉下好得多」，便抬眼看到宗保長笑嘻嘻的走了過來，就把話停止了。和他商量事情的人，已走了兩個，只有那個年紀大些的隨著走過來。那人向王甲長笑道：

「十五這天的酒席，我去找人來包做，一定要比別個做的相因。」王甲長冷眼看了他一下，淡淡的道：「你把你自己的事辦好了再說吧。」那個笑著連連的點了頭道：「辦好了，辦好了，都是自己人，有啥子辦不好。」王甲長道：「你找人來談談嗎？大概要三十桌到四十桌，沒有見過場面的人，你不是駕試。」那人連說「曉得曉得」。宗保長一面坐下，一面望了他道：「不用再說了，我給你負責就是。」他看了宗保長的眼色，便不多言，笑著點頭而去。

亞英想著，別看宗保長這地位低小得可憐，坐在這茶館裡，真也有頤指氣使的樂趣。來打聽黃青萍的下落，沒有得著什麼結果，倒是看到了不少的保甲長老爺派頭。於是就取著拿來的筆硯，替他寫了一張為「祖妣作百歲陰壽小啟」的草稿。並請他別忙填上紅紙貼上去，最好還是請教一兩位社會上的老前輩再作定妥。

宗保長坐在桌子邊，看到亞英拿起筆來，文不加點的，絲毫沒猶豫，就把這小啟寫完。寫完了，亞英站起來，握住宗保長的手道：「我看這樣子，茶錢是付不出去了，我也不必客氣。你是忙，我不必打攪了。你可不可以告訴我那個姓張的是住在多少號門牌？」宗保長道：「好，我引你去就是。」他將亞英送出茶館，走進一條冷巷子裡，看看前後沒人，便站住了腳，因低聲問道：「區先生，你是要打聽這個女人的行動嗎？你不用自己去，我可以把她的姓名籍貫，調查個清清楚楚，來告訴你。」說著瞇了眼睛一笑。亞英也笑了，因道。宗保長，你誤會我的意思了。你以為我不認得這一個女人而來追求她的嗎？我告訴你，我和她熟得很。這一陣子差不多天天見面。你就要說了，既是熟得很，為什麼她寄住在這裡很久，還不知道呢？我就是為了這一點，要來打聽她，而且她自今以後，也不會再在這裡住，她已經潛逃了。」宗保長被他這句話提醒，點著頭道：「不錯，這兩天沒有看見她了。區先生有什麼事要我代你調查的，我六小時內替你詳細回信。她既是常住在這地面上，她要是不見了，調查她的行動，那也是我的責任。她和區先生是朋友呢，還是同學呢？」亞英躊躇了一下道：「她是我朋友的未婚妻，我也是受了朋友之託，說我曾在這地方住過家，請我和他打聽打聽。要不然我又何必管這閒事呢。」宗保長看了亞英滿臉不自在的樣子，因道：「區先生你聽我說，我一定負責給你調查清楚。你若是自己去，倒反是有許多不便。」亞英想著他的話也是對的，便無精打采的走了。

只是這件事，怎麼著也覺心裡拴了個大疙疸，分解不開。尤其是被青萍驅使著去訛詐了姓曲的一次，成了從前上海租界上翻戲黨的行為，衣冠楚楚的青年，竟會幹這樣無聊的事！若是讓那位教育家父親知道了，也是極不可饒恕的罪過。因之回到旅館裡去，並非生病而卻睡倒在床上，爬不起來。

次日早上，李狗子夫婦雙雙來拜他，一見他愁眉苦臉的，雙腮向下消瘦著，蓬了一頭頭髮，斜支了兩腳坐在沙發上，他們一推房門，就同時的「呀」了聲。李狗子道：「聽說你下鄉看老太爺了，猜著你還未必回城了呢，怎麼病得不像樣子了？」亞英站起來招待一陣，一面笑道：「我也不過心裡有點不痛快，並不覺得有什麼毛病，真不像個樣子了嗎？」李太太坐在他床上，對他整理好了的被褥看看，又對他臉上看看，笑道：「莫聽他亂說，不過有點病容，隨便朗格，也比他好看得多。」

李狗子穿了一件絲棉袍子，罩了件藍布大褂，摘下帽子，露出那顆肥黑的和尚頭，越顯著當年的土氣未除。他伸出粗大的巴掌，由後腦向前一反抹，再由額頭上抹向下巴來，笑道：「這區先生不是外人，若在別人面前一打比，我除了不好意思，還要吃醋呢。你不要看我長相不好，我良心好，就得了。」

李太太笑著站起來，在丈夫身上打了一捶道：「龜兒，你亂說！」在她這一笑中，亞英又發現了她有了新的裝飾，便是嘴裡又新鑲了一粒金牙。他心裡這就想著，男子們真是賤骨頭，口裡儘管說生活程度高，日子不得過，只要吃上三頓飽飯，就要找個女人來拘束著自己。這位李太太，不但身無半點雅骨，而且也不美，李狗子是把她抬舉著入了摩登少婦之林，而她還時刻把丈夫看不入眼，就憑她這一粒黃澄澄的金牙，在豬血似的口紅厚嘴唇裡露出，就讓人感到有點那個了。他心裡如此想著，倒是臉上愁雲盡開，噗哧一笑。李狗子笑道：「你笑我們兩口子耍骨頭嗎？你看我們倒是千里姻緣一線牽，感情不壞。她罵我長相不好，彼此相信得過，我倒不怕有什麼人會挖我的牆腳。」亞英指著他笑道：「李兄，隨便說話，也不怕有失經理的身分！」李狗子兩手一拍道：「我們自己弟兄，怪要好的，在你面前我還端什麼身分。」李太太對於「挖牆腳」這句下江土話，並不懂得，卻也不來理會。隨手將床上被縟翻弄兩下，又將枕頭移開看看，因笑道：「在旅館裡無論怎麼樣，也不如在家裡安逸。區先生你今天不要推辭了，就搬到我家去住吧。」

亞英正要用話來推辭，李狗子道：「我真想不出你為什麼不肯搬到我家去住？除非你說是個年輕小夥子，我又有個漂亮老婆。」亞英笑著「哦喲」了一聲，站起只管搖手。這話李太太可懂了，她正了臉色道：「區先生，你一定要搬到我們那裡去住，哪怕住一天都不生關係，你要不肯，那真是見外了。從今以後我們沒得臉面見你。」說著她真把那帶了金鐲子和寶石戒指的手，摸了兩下臉。亞英真覺得他夫妻兩人的話，有些令人不忍推辭。同時住在這旅館裡，刺激實在太大，這兩位雖然是一對混世蟲，心田倒是忠厚的，像黃青萍那樣滿日甜蜜蜜的人，就絕沒這樣實心眼子待人，心裡這樣想著，態度也就軟化了。笑道：「並無別故，只是我不願打攪。」李狗子夫妻同聲說談不上，而李太太尤其熱衷，見他有了三分願意，竟不徵求同意，就叫了茶房來結帳，一面就替他清理零碎物件。李狗子笑道：「你看這位年輕嫂子，多麼疼你。你若是不去，你良心上也說不過去。」亞英急得亂搖手笑道：「李兄別開玩笑，我去就是。」李太太聽說亞英願去，很是高興，立刻幫助著他將行李捆好，僱了人力車子，就把這位佳賓迎接到家。

主人已經老早替他預備下一間單獨房子的，除了床鋪不算，還有供給寫字漱洗的家具。客人在這裡小住，那總算是十分安適的。亞英為了這一點安慰，在李家休息了兩天，又和李狗子商量了一番生意。覺得上次所遇到的梁經理，總算十分看得起自己，卻為了青萍的事完全耽擱了，現在應該打起精神來，再去在事業上努力。像李狗子這樣一個在南京拉人力車的，一個大字不識，也就賺起了一番世界，雖然發財是有機會的，不分日夜的把心血放在女人身上消耗，機會怎麼會來，他這樣想了，就決計再去拜訪梁經理一次。

這時他忽然記起，託宗保長打聽的訊息，應該有了個段落，那是自己大意，那天並沒有把住址告訴他。說不得了，還是去拜訪他一次。他這樣想著，就向那茶館走來。他直走到茶館不遠，才發現了是宗保長祖母百歲陰壽之期。那茶館暫時歇了業，裡裡外外許多副座頭，都搬上了酒席。不但是這個茶館，就是左右隔壁兩家小店面，都已被酒席占有了。男女老少占滿了每一副座頭。在茶館裡面，遙遙看到設了座壽堂，像作陽壽一般，有壽幛壽聯，還有繫了紅桌圍的桌子，上面香菸繚繞的供著香燭。並沒有什麼和尚道士做佛事，這倒讓自己躊躇起來，還是向前，還是退後，向前必須參加恭賀，而恭賀這死去幾十年的人，又當怎樣措詞？

正是這樣為難，只見宗保長穿了一件新的青呢中山服，不打赤腳了，穿了一雙烏亮的皮鞋，滿臉的紅光，由茶館子裡跑出來，老遠的點著頭叫道：「區先生來了，硬是不敢當。」亞英沒法子，只好連說「恭喜」，隨著主人走入壽堂，向壽幛三鞠躬。一進去，早已看到那右角落上列了一桌橫案，上面陳設著貼了紅紙條的帳簿，還有筆硯算盤等項，不用說，那張帳桌，也就是今日這個盛舉的最大目標。也正有人走到那裡遞上紅紙套。據守那個帳桌的人，也就是那位老搭檔王甲長，人家雖然一把鬍子，今天也換上了青呢中山裝和皮鞋。

亞英想著絕不可以裝馬虎，奔到桌邊，向王甲長遞上一疊鈔票，宗保長這就跟過來了，搶過鈔票，向他大衣袋裡一塞，笑道。「區先生，你今天肯光顧，就給了十二分的面子了，厚禮我絕不敢受，來來來，請裡面喫茶。」宗保長一表示這拒禮的堅決態度，就有三個衣冠整齊一點的人，一擁而上，將亞英包圍，都說「請裡面坐」。而且鄰近這帳桌一個席面，全席的人也站了起來。

他心想人家真有點派頭，說話大概不會虛謙的，又只好相隨著到裡面去坐。好在這個場面，卻也值得欣賞，也可以想到《水滸傳》上形容晁保正稱托塔天王是有些道理呢。

四才子

茶館後面這間屋子，大概是宗保長的辦公室。而在這辦陰壽大典的時候，這屋子卻是加以整理了的。這裡雖有一個窗戶，不知道外通何地，卻是將棉料紙糊得很嚴密，並沒有光線送進來。送進來的光線，是屋頂上四塊明瓦漏下的。因為如此，所以這屋子並沒有天花板之類。抬起頭來，可以看到白木的椽子，架著灰色的瓦，屋子裡雖有亮光，卻有點幽暗的滋味。加上屋子裡人多，噴出來的煙也多，人影幢幢，霧氣騰騰。正面白粉壁上貼了一張總理遺像，配上一幅「革命尚未成功，同志仍須努力」的對聯。遺像上面那「天下為公」的橫額，那個「公」字都撕破了。在遺像下，橫設一張竹子條桌，鋪了白桌布，供了兩隻料器瓶子，裡面各插了一束鮮花，擺得倒也整齊。又有一對大燭，正中擺了三隻高腳碟子水果，一碟是橘子，一碟是核桃，而另一碟卻是紅苕。有一張半舊的小辦公室，大概原是設在屋子正中的，現在卻移到東邊那紙糊而不開的窗戶下面。此外就沒有秩序可言。四處亂擺著椅子凳子，穿長衣穿短衣的，將各張椅子全坐滿了。

亞英一走進來，大家知是貴客，都站了起來。宗保長特別恭敬，讓他在小辦公室邊一張竹圍椅上坐了。這椅子上面，放有一塊藍布棉墊兒，這大概是平常保長坐了辦公的。那小辦公室上，就放滿了茶碗，這是無限制的供客飲品。紙菸卻是對客定量分配。有個小夥子將紙菸與火柴，都在口袋裡揣著，每一位新客入門，才將煙火掏出來各敬紙菸一支。亞英看到這屋子加進賓主兩個，也就必須擠出客人兩個，因為不是如此，這屋子裡就必須有兩個人站著。亞英心想，這裡實在無勾留之必要，便向宗保長抱拳笑道：「我是抽出特意來恭賀的，改日我們再約一個時候長談。」宗保長突然站起來大聲笑道：「既然來了，絕不能夠寡酒也不吃一日就走。雖然沒有菜，是個熱鬧意思。」亞英笑道：「我真有點事。」旁邊就有人插嘴道：「壽酒嗎！要吃一杯沾沾壽氣。」亞英心裡想著，你這不是罵人，沾陰間裡人的壽，我快要死了。宗保長看到他沒有談話，因道：「朗格的，看不起我們當保甲長的，不肯賞光！」亞英連笑著說「言重，言重」。這時有人插嘴道：「酒席已經開下了。」宗保長笑道：「我奉陪，就坐這一桌，絕不耽失誤先生的公幹。」說著，他又向屋子裡人道：「來嗎！我們來湊一桌。」大家似乎都也等著要吃，只他這聲請，大家全站了起來，亞英料著推託不了，便笑道：「一來就要叨擾。」於是大家一窩蜂就擁了出來，在茶館後面擺好了一席。酒杯碟都已陳設好了，桌子正中放了四隻碟子，乃是一碟鹹蛋，一碟炒花生，一碟豆腐乾絲拌芹菜，一碟不知道是什麼東西，似乎是雞雜，又似乎是豬肝，用醬醋冷拌的，而且量是非常少的。亞英心想，這種陳設，酒席也決好不了，可是既然受了人家的招待，也只好被推擁著坐了首席。面前放好了茶杯大的酒杯，斟滿了白酒，這倒是充量供給的。

宗保長果然十分恭敬，親自坐在主位上相陪。大家把這酒吃了大半杯，才端上第一碗菜來，吃時，乃是麵粉捲著的肉塊，將油炸過之後，連湯帶水，配些蔥花、洋芋、紅蘿蔔，煮上了一大海碗。這碗肉塊吃過了。第二碗又是扣肉，下面墊了許多乾鹹菜，再吃下去仍然是豬身上的，乃是炒肉片。直吃到第六碗，才是一盤炒雞丁。但雞的分量很少，百分之六十以上，全是荸薺和蔥蒜。這樣的吃下去，到第十個碗，共只有兩碗，是離開了豬身上的，而也就不再有菜了。這樣的筵席，亞英自然無法吃飽，只有坐看同席來賓的吃喝態度，聊以消遣。倒是宗保長知趣，說聲請後面坐，把他引到裡面屋子裡來，再進煙茶。恰是去這裡屋門不遠，就有一桌後設的席，那桌雖是後吃，可是桌上的菜碗，卻每個洗刷得精光。而每方桌子坐著兩位客人，都沒有下席，紛紛向旁邊一隻飯桶裡盛著飯來吃。下飯的除了十碗佳餚之外，又添了四小碟泡菜。每方一碗，大家吃的就是這個。再看這些人，都是打赤腳穿短衣的，其中夾著兩個半老的婦人，也是蓬了一把頭髮，伸出十個雞爪的手指，捧著碗筷大嚼。

宗保長在旁邊看到他出神，倒沒想著他對這個極平常的事情有點詫異，笑道：「區先生所託我的事，我打聽一半出來了，明後天請你再來一趟，我可以清清楚楚告訴你。不過同她來去的那個青年人，我已經曉得了，他叫李大成。」亞英聽了這三個字，突然站起來，將手一拍道：「我明白了。」他這句話說得非常響亮，倒嚇了宗保長一跳。亞英省悟過來，望了宗保長笑道：「就這三個字，我大有線索了。你還能供給我一點訊息嗎？」宗保長笑道：「旁的不大清楚。據說他們和這家姓張的，也是朋友，這姓張的大概讓了一間房子給這位黃小姐住的。」亞英聽了這話，好像有一件東西兜胸打了一拳，立刻身子晃蕩了兩下，臉子紅過一陣之後，接上又白了一陣。宗保長倒還不明白他有什麼大過不去，至多是替朋友生氣而已，因繼續說道：「現在年月不同，紅男綠女，在一處亂整，硬是說不得。」亞英定了一定神笑道：「你還有什麼訊息沒有？」宗保長笑道：「這幾天我太忙，沒有會到那位張先生，詳細情形，還不知道。」亞英沉吟了一會笑道：「暫時不去打聽也好，這對我很夠了。二天再來奉訪。」他說畢，從容的和宗保長告辭，主人自是很恭敬的送了出來。

亞英慢慢的走到街口，回頭不見了宗保長，提起腳來，就跑上了大街，首先就找著人力車坐。他沒有其他的考慮，直接到江邊，過河來訪西門德博士。這幾日西門博士已把所賺的錢。調整清楚，每日早上渡江，晚上次去，也覺得有點精力支援不住。而太太還神經緊張，見神見鬼，就在家裡陪著太太閒談。她愛好的零食和鹵肫肝與雞鴨翅膀，那都是充分準備著的。所以雖是閒談，也不讓她感到過於乏味。兩個人坐在書房裡一面喝茶閒談，一面吃預備著的鹹甜點心。

西門太太對於博士賺回來的錢，要怎樣支配以便利上加利，起著很大的爭論，博士對於賺得更多的錢，雖是贊同，可是怎樣的去賺，意見卻有分歧之處。正嘆著一聲長氣笑道：「太太，你發愁什麼呀！這世界上很少餓死人的事。縱然餓死人，也只會餓死男子，而不會餓死女人。不然，宇宙間這些為女子服務的男子是幹什麼的！」這時，亞英正走到樓廊子上，聽得這話，便應聲道：「博士，這句話再中肯也沒有了。」西門德迎了出來，握著手引進屋去。西門太太一腦子的盧比換美金，美金換法幣，再換盧比，正自糾纏不清，看到亞英進來，總算另給了她一個刺激。她站起來笑道：「好哇！現在一天到晚講戀愛，連我們這樣極熟的人都整個星期見不著面了。」亞英點著頭笑道：「青年人個個都有這樣一個時期的。那似乎不足為奇吧。」說著，他挨了博十在沙發上坐下來，見到茶几上三四個碟子，陳設著蘇州甜食，五香花生米，另有個大碟子盛著滷雞鴨翅膀，而這裡還有一壺好茶，和兩套帶托子的茶杯。亞英笑道：「是有什麼客來了？」西門德笑道：「我今天決定不過江，也不花錢，陪著太太在家裡享受一天。」亞英嘆著氣讚了一聲道：「唉，人生幸福！」西門太太笑道：「你那幸福還小嗎？重慶市上最漂亮……」亞英不等她說完，問道：「難道這件事，你二位會不曉得？你們的高足弟子飛走了。」

西門德夫婦聽說，都同時的驚訝著，說是沒有知道這個訊息。亞英先把青萍出走的情形，告訴了，然後再把在宗保長那裡所得的情報說了一遍。在這說話期間，西門太太已是斟了兩次熱茶，送到亞英面前。他是相當興奮，像作夾敘夾議的大篇論文，說了個不斷，也就隨時端著茶喝，把兩次茶都喝光了。博士把話聽完了，抓了把花生米，送到他面前，笑道。「小兄弟，不要放在心上吧。不是我事後有先見之明，當你那回訂婚席上，我不期而會的參加了這個典禮以後，我就相當的疑心。但我知道你很深，你既不是大腹賈，又為人很精明，料著她也圖謀不著你什麼，既不圖謀你什麼，婚姻反正也不是一件開玩笑的事。因之，我們儘管覺得這是個奇蹟，但也不想會有什麼意外，所以並沒有對你說什麼。而且在你極高興的時候，也不便向你頭上澆冷水。」

西門太太又斟了一杯茶，送到亞英面前，笑道：「二先生，你不要著急。青萍為人，我是知道的，年輕好玩，任性慣了，不願受什麼拘束。若說她願意這樣漂流下去，不找個歸宿，那也看上去不對。也許她找著一個什麼好玩的機會，到仰光去小住幾天。同時也許是在重慶拉的虧空太多了，到了圈子兜不過來的時候，不得不一走了之。對於你，我想她是丟不下的。」她說時，態度很自然，架了腿坐著，左手鉗了一隻鴨翅膀，右手把翅膀上撕下的肉，慢慢的送到嘴裡來咀嚼。

亞英見她的態度十分自然，好像很有把握，便突然站了起來。望了她問道：「西門太太事先得著她什麼訊息嗎？」她道：「我沒有得什麼訊息，你不要多心。我夫妻是你們訂婚時候的見證人，假如你們的婚事，有什麼問題，我還有個不通知你的道理嗎？亞英搖著手笑道：師母，你這樣一說，我……」西門德起身拉著他坐下，笑道：「我非常的諒解你，你的心緒很亂，你所以要問我太太那一句話，你正是得著一線光明，以為青萍會回來的。這不但是你這樣想，她這樣想，我也是這樣想。不過只是想想罷了，至於事實，我們都沒有根據的。」

亞英坐下來向他夫妻二人望著，端了茶杯在手，慢慢的送到嘴邊呷著，默然沒有作聲。西門德道：「這個問題，暫且可以不談，談也無法挽救。你來得正好，今晚就下榻在我這書房裡，我們可以作長夜之談。我有點新的生意經，和你商量商量。」亞英慢慢的喝著茶，喝一口，放下三杯子來凝神一會，直把那杯茶翻出杯底來朝了天，點滴都喝光了，才將杯子放到茶几上，按了按，向西門德道：「那宗保長所說同她來往的人，我疑心是李大成，這個人是博士常看到的，覺得我這個疑心不錯嗎？」西門德看了太太一下笑道：「這個我不敢說，我不是推諉，因為第一，他的確得過青萍的幫助。但他們是同學，這也無足為奇。第二呢，在你現在的心理上，任何可疑的事，都會疑到李大成身上去，那也是應當的。」亞英笑道：「博士，這是外交辭令。唉！寧人負我吧。說什麼呢。」情不自禁的把那空茶杯子，端了起來，直到快送到嘴邊上，才發現這是空杯子，便放下來。

西門德笑道：「老弟台，不要再談這個問題了。她回來不回來，誰都難說。除了你自己也追到仰光去，並無什麼良法可以把這個問題解決。你空發愁幹什麼？不如我們把心放在事業上，事業幹好了，婚姻問題並非是不可彌補的缺陷。你要知道錢是萬能的呀！」西門太太道：「二先生，真的，你留在我們這裡，談一晚，老德真有一個新的計劃。大概亞杰在這兩天快到了。等他來了，把那批貨賣了，或者我們在重慶另建一番事業，或者索興大家到南洋去。」

這句話是亞英最聽得入耳的話，立刻又站了起來，問道：「怎麼著？博士還有什麼偉大的計劃？我們還能全到南洋去嗎？」西門太太笑道：「那你就可以到仰光去了，好不好？」博士點了頭道：「不開玩笑，我真有點新計劃。據我看，我們這抗戰的局面是長期的，我們原來打算到四川來躲躲暴風雨的想頭，絕不可再有。我們也就應當想著適合這個環境去應付。」

這晚，西門德果然談出一大篇新事業議論。他以為現在這樣跑進出口生意，雖可以找幾個錢，也就是鬼混幾個錢而已。自己唸了一輩子的書，作這種市儈人物，未免太看輕了自己。現在和讀書的朋友，就一日比一日疏遠。到了戰後，那簡直就和知識分子絕緣了。戰後雖不知道是怎樣一個世界，但博士究竟還是可寶貴的頭銜。現在儘管找錢，這知識分子的身分，也必須予以保留。不然的話，到了戰後，還真正的去與市儈為伍不成？亞英知道了他這意思，便對他說：「我原是學醫未成的一個人。照著現在大後方缺乏西醫的時候，我不難冒充一位醫學博士，掛起牌子來行醫。但我沒有那個殺人不用刀的膽量，家父也不許我那樣幹。我原打算弄一筆錢，繼續學醫，現在我更有這份決心，非去學醫不可。」博士道：「那極好了。我們的路子相同，我也是打算到國外去一趟，而且帶了太太同去。回來之後，還是從事文化事業。如辦文化事業，也少不了拉上幾個資本家作董監事。現在我路上有幾位活躍的大廠，都還可以聯繫得上。第一就是原先要我合作的陸神洲陸先生。我原以這位先生架子太大難於伺候，以後我就打退堂鼓了。現在我已了解了他，其實他是太忙。而且他那架子，已養成了習慣，倒不是對付哪一個。最近在一處宴會上，遇到了他，他再三約著我重新合作。而且他宣告了合作的事業，一定是與文化有關的。我約了明天一大早去見他，假如說得攏，我們一塊兒合作。也就是說，我們一同轉變。」亞英道：「海闊天空的說句文化事業，到底是哪個部門，從哪裡合作起呢？」西門德笑道：「請你明日上午在我這裡休息半天，我趕回家來吃午飯，一定給你一個圓滿的報告。」亞英雖不要聽這個報告，但知道李大成的家也就住在附近，自己對於青萍的那些幻想並沒有除掉，也就願意在這裡耽誤半天，以便著手調查，就答應了博士之約。

次日早上七點鐘，西門德就果然渡江去拜訪陸先生。「士別三日，刮目相看」，他有一個長時期不來見陸先生，陸先生的排場也就更加大了，第一就是公館的大門，改了東西轅門式的雙門，在門裡面坦地上有一條半環形的水泥路聯繫著，這對於坐汽車來拜訪的朋友，非常便利。汽車由東轅門走進來，可以不必掉頭，兜半個圈子由西轅門開出去。這坦地的花圃裡面，第二重門也加上了通紅的朱漆，頗有北平朱門大宅的派頭。博士進去一看，連傳達先生也神氣多了。穿著呢製的中山服，口銜紙菸，坐在一張半邊式的小辦公室上，審查人名登記簿。博士看到這份氣派，也就不能不應付他的排場。於是掏出一張名片，交給他道：「我是陸先生親約著來談話的。」那傳達看博士身穿精緻西裝，直接就把他引到內客室裡來。這裡另有個聽差，向前招待。傳達把名片交給他，很放心的出去，他並沒有考慮這個客人，是否主人願意見的。

聽差敬過了茶菸，將名片送進了內室，不多一會就聽到陸先生和人說話出來。聽那聲音很是高興，但他並未進客室來，直和人說話說了出去。博士心想糟了，主人必然是出門去了。他這位忙人，出去之後，知道什麼時候回來，這種大資本家一直是這樣把旁人看得極渺小卑賤，他約了我來談話，遞進名片，倒反是走了。現在的西門德大非昔比，我也有幾個錢，也有幾個外匯，根本我不用得依靠財閥吃飯，你走我不會走嗎？想到這裡，也就立刻站起身來，走出客廳的門廊，將架子上的帽子和手杖取過，還不曾轉身，只聽到身後有人咦了一聲道：「怎麼著，博士要走嗎？」回頭看時，正是陸神洲先生，他穿著嗶嘰袍子，微挽兩隻袖口，右手兩個指頭夾了半截雪茄，走將進來。西門德這又重新放下帽子與手杖，和他握著手笑道：「不是我又要走，我聽到先生陪客說著話，一路說了出去，我以為陸先生已出門了。」陸神洲笑道：「我老陸縱然荒唐，也荒唐不到如此。明知道我所約的朋友，已經來了，我不打個招呼就走嗎？」他說時，不住格格的笑著。再把客引進內客室。他今天算是特別客氣，竟把放在茶几上的一盒雪茄，捧著送到客人面前敬菸，笑道：「這是外國貨，不是土產，口味很純。我是按照『泡我的好茶』例子敬客。」

西門德彎腰取了一支，說聲「謝謝」。看主人滿臉笑容，撅著那一叢掩不到上嘴唇的小鬍子，料著他高興頭上，這雪茄是「我的好茶」，大概不假。於是和主人對坐沙發上笑道：「我沒有想到還有比我還早的客。」陸先生將兩腿分開，微微的伸著，人向後一仰，靠了椅子背，吸了一口雪茄噴出煙來，笑道：「這客人是昨天晚上來的呢，足足鬧了一晚。」西門德擦了火柴吸菸，裝出不大注意的樣子，問道：「那麼，昨天晚上公館裡有個局面了？」陸先生道：「誰說不是。我倒不喜歡賭錢，但朋友找到我頭上來，我也從不推諉。輸個百十萬元，也不至於餓飯，又何必戴起假面具來裝窮？我覺得一個人作事，最重要的是要有興致，有了興致，作事不怕艱苦，也不怕失敗，可以繼續努力。若是沒有興致，苦命去掙扎，事情就不會作得好。就是成功了，那也不安逸。所以我這個人，終年到頭在正經工作，同時終年到頭也就在荒唐遊戲。哈哈！博士你是心理學家，你覺得我這種說法是心理變態嗎？」

西門德雖和他見面機會少，可也認識多年了，向來沒有見他這樣過分的放肆說話，因笑道：

「陸先生的處世哲學，那還有什麼話說！」他兩指夾了雪茄，指了客人笑道：「你這話有點罵人。『處世』這兩個字，仔細研究起來，就有點問題。若是處世還有哲學，這個人一定就是老奸巨猾。」說著昂頭哈哈大笑一陣。

西門德看他這樣子，一定有件極得意的事，若照他昨晚上在家裡賭錢來說，應該是贏了錢。可是他這個人輸百十萬不在乎，贏百十萬也不在乎，若說他贏了幾個錢，高興到這樣子，那真是罵他了。既然摸不到頭腦，暫時也就不去說什麼，默然的向主人笑著。陸先生見聽差走來換茶，便向他道：「預備一些點心吃，將咖啡煎一壺。」然後掉轉臉來，向西門德道：「沒有事嗎？我們長談一下，我有兩件事和你商量商量。」博士道。「我是奉召而來，把所有的事早已放到一邊了。」陸先生笑道：「客氣，客氣。博士，你應當看得出來，我不是個糊塗蟲。雖沒有博士頭銜，好歹是個大學畢業生吧。而且還兩次喝過洋水，豈有人家對我態度，我還不知道之理。像教授們當面也許稱我一聲陸先生，後面還不是罵我大資本家財閥，甚至買辦階級。別的罷了，這『買辦階級』四個字，我絕不承認。我生平就討厭的是這一路人才。」西門德笑道：「陸先生既沒有進過外國人辦的洋行，又沒有和外國人合作經營商業，這『買辦』一個名詞從何說起。」

陸先生吸了一口煙，噴了出來，然後搖了兩搖頭笑道：「那有什麼辦法。社會上對於有碗飯吃的人，喜歡眼紅。他們提到我們這所謂資本家，打上兩拳，場上兩腳，痛罵我們幾句也頗可解恨。老實說一句，我們經營一點實業，都是與國計民生有莫大關係的。若說應該赤了腳，光著膀子去挑擔子，哈哈！博士你能這樣去幹嘛？哈哈！」西門德笑道，「一個人在社會上混，要混得方方面面滿意，那是難能的事。」陸先生吸著雪茄，昂頭微笑了一陣，然後左手夾了雷茄，右手伸出四個指頭，向空中一伸，笑道：「當今社會是四才子的天下，第一等是狗才，第二等是奴才，第三等是蠢才，第四等是人才。你想我們在這四才子中，應該是位居第幾等吧？」西門德對於這個問題，倒不怎好答覆，也只是吸著菸微笑了一笑。陸神洲道：「你或者不明白這個說法，讓我來解釋解釋。所謂第一等狗才雲者，那就是像狗一樣的人，給人家賣力，給人家看家，而所得的，卻只是些肉骨，然而他最勢利，看著穿得壞一點的人，就得疑心他是小偷，是叫化子。這樣最能得著主人的歡心，慢慢的也會熬到吃肉湯拌飯，睡舒適的狗窩。若是洋狗，還可以和主人同坐一輛汽車。這種人不能有一點人氣，見了主人，你愛怎麼玩弄就怎麼玩弄。可是見了別人，更沒有人氣，橫著眼睛，恨不得把人吃了。這種品格，非天生不可，我們當然學不會。但有了這種品格，倒是人生幸事，誰見哪個主人把喂的狗轟了出去呢。」

主人是說在興頭上，喝過了半杯咖啡之後，鉗著碟子裡的火腿麵包，舉了一舉，笑道：「這個在你看來是火腿麵包，可是到了奴才眼裡那個說法另是一樣，必須主人說了這是火腿麵包，奴才才能說這是火腿麵包。假如主人說這是花生糖，那就得跟著說是花生糖。不但此也，別人答說，這是火腿麵包，你也必須予以駁斥，說他錯了。抱了這個準則作去，倒也不怕進身無路。但得罪主人之處究也難免，因為他只有奉承人的資格，而沒有供玩弄的資格，此其有別於狗才也。博士，我們讀聖賢書，所學何事？難道還有這樣厚臉去作奴才嗎？」他說著，放下了麵包，又捧起咖啡杯子來慢慢的喝著。西門德笑了點著頭道：「妙論妙論，這應該論到第三等蠢才了。這是哪種人呢？」陸先生捧了杯子一日將咖啡喝完，放下杯子來頭搖了幾搖，笑著嘆氣道：「所謂蠢才者，我輩是也。沒有什麼治平之策，也沒有什麼驚人之筆，更也談不到立什麼非常之業，但有一樣好處，就是埋頭苦幹。在苦幹情形之下，不識炎涼，不計得失，所以常弄得吃力不討好。其實真正和國家社會盡了一分力量的正是此輩。此輩並非不知弄些花樣，討人歡喜，但幹得起勁，就幹了下去。『介之推不言祿，祿亦弗及。』竟致放一把火，把自己燒死，其蠢不可及也。」說著，又連連搖了幾搖頭。博士笑道：「這我就有點不敢當。」陸先生笑道：「那麼，你就應該列入第四等，是一位人才了。人才更是丟在陽溝裡的。」博士這才明白陸先生是發牢騷，全篇談話重心，大概就在「祿亦弗及」四個字上。陸先生有錢，也相當有聲望，就是政治癮過得十分不夠，小官他自不能作，而大官沒有獨立門戶的職位，他也不屑於作。因此他就像那自負甚高的老處女一樣，高不成，低不就，以致耽誤了青春。但他對於青春之耽誤，不肯認為是自己挑選人才所致，而是別人對這個傾國傾城的美女不來追求，所以他儘管日子過得很舒服，也可以參與政治，只是沒有抓著印把子，有些不服氣。他既是可參與政治，面對政治舞台上那班角色也都領教過，覺得自己所知道的實在比他們多，何以大官讓他們作，而不讓我作，這個理由解答不出來，他就常常要發牢騷了。

西門博士知道他這個境遇，白也知道他是什麼心理，便笑道，「既然如此，我還是列入第三等吧，可是列入第三等，我又把什麼比陸先生呢？」陸神洲對於這一點，倒是自負，放下咖啡杯子，又取了支雪茄在手，擦著火柴吸了。然後架起腿來，向沙發椅上靠著，從容的笑道：「自然，就是蠢才這裡面也分個幾等。我大概要算是頭等蠢才了。」西門德聽到這裡，覺得和他也不便過謙，若不承認是蠢才，那就只有去作奴才。於是含笑默然的吃著點心。陸先生道：「我今天約博士來，倒是有點事商量。剛才這篇話，我們可以揭過一邊去，管他幾才子，我們倒是作點事情給人看是最現實。我不能瞞你，我現在的生活，一大半是靠著阿拉伯字碼。博士也跑了一趟仰光，對於這項工作是否感到有興趣？」博士笑道：「我無非遊歷一趟而已。談不到作什麼生意，這也就沒有什麼數目字可看。」陸先生笑道：「這個我不管你，你們究竟是窮書生，就算能賺幾個錢，那也十分有限。我覺得數目字，有人看得是越來越有味，也有人看得十分煩惱。我呢，就屬於後者。我們應當來弄點文化事業，調劑調劑興趣。現在我有一個計劃，要辦點真正有益於人群的文化事業，你試猜猜是哪一項？」

博士聽了這話，就把辦學校，辦雜誌，設什麼研究會，提獎學金，各門都猜了一次，而主角依然說不是。西門德搖頭笑道：「那我就猜不到了，也許陸先生有一個極切實極偉大的計劃。」陸先生吸著菸笑道：「我這是個冷門寶，果然是人家猜不著的。我想自抗戰以來，內地的西文書，已經很難得來，偶然由飛機飛進幾本，得著的人，都把它當為奇貨，認得外國字的人，自然已很難吸受西洋的新文化，不認得外國字的人，如今根本無譯文可讀。因之我想到香港去運一批西書進來，無論是科學的，或文藝的，只要是新鮮書，都給它運了進來。我可以拿出一筆錢來，請幾位中西文精通的朋友，分著部門輕重，全給它翻譯出版。」西門德拍著手道：「妙極了，這實在是一場大功德。不過這件事，要費很大的人力物力，那功效還不是立刻表現出來的。」陸先生對於這句話，不但表示惋惜，好像還是感到搔著癢處，將手在茶几沿上輕輕的拍了一下道：「這話說得正對。這就是蠢才幹的事了。世界上若沒有這些蠢才，什麼禮義廉恥，都不成了廢話了嗎？我是個蠢才，我也想起了你這個蠢才，我想託你到香港去一趟，把好書分批的蒐羅了回來。」西門德沉吟道：「這件事我是極端願意辦。不過要譯書不專定哪一門，有科學，有文化，有哲學，有一切不勝列舉的部門。一個人知識有限，哪裡去選擇許多西書？」主人看看客人的顏色倒不像是堅決的推諉，端起咖啡杯子骨都喝了一口，便道：「在香港的朋友，你還會少嗎？你可以請他們去推薦。」西門德想了一想，笑道：「好的，假如我目前預定的兩件事，可以推得開來，我就替陸先生去走一趟，請你給我三天的時間去考量。」

陸神洲吸著雪茄，臉上不住的發著微笑，然後將頭點了兩點笑道。「我雖是蠢才，但我常常蠢進來，卻不蠢出去。我陸神洲是人家所謂資本家，在人家看來是錢多得發癢，要作一點文化事業來傳名。可是博士並非資本家，我能教你賠下老本來和我幹文化事業嗎？」說著，身子向前湊了一湊，低聲笑道：「我不能光請你作精神上的事業，我也要請你作點物質上的事業。我有三部到五部車子，可以直放廣州灣，大概運十噸貨進來，是沒有問題的。但不管是五部車子，或三部車子，我準備讓出百分之二十的噸位出來，由你運貨。你愛運什麼就運什麼，我不管。不過附帶要宣告一句，這條路上有點危險性，不如航運那樣安全，假使運氣不好，可能帶進來的幾車貨，要損失一大部分的。」西門德笑著還沒有來得及答覆，陸先生又接著道：「這個用不著你介懷，我也替你想了。你在香港，可以支用我一筆外匯，把東西帶到了重慶，把本錢賣出來了，你就歸還我。萬一出了危險，這損失是我的，與你無干。要不然，為了我的事，讓你蝕了大本，那更是不成話了。」博士哈哈的笑道：「這簡直是不花錢的買賣了。這樣的生意，若還不做，那豈非頭等傻瓜？」陸先生道：「那麼，博士不再有什麼考慮了？」西門德聽了這句話，想起自己前五分鐘的態度，便笑道：「考慮當然不能立刻就消除。但是陸先生給予這樣優厚的條件，是什麼人也不能無動於衷的。明天來不及，後天我親自來答覆。陸先生是不是還要我擬一個計劃書？下次我來拜訪就可以把這計劃書奉呈。」

陸先生瞇了眼睛，向他笑著道：「你不是說，還要考量三天嗎？」西門德看他那樣子，頗帶有三分譏諷的意味，本來是自己態度轉變得太快，卻也難怪人家的嘲笑。但是這個姓陸的高興時，揮霍起來真有幾分傻勁。他忽然有這個譯書的念頭，絕不是偶然，恐怕在政治地位發展上有什麼企圖，所許的那些條件，絕不會假。這樣想了，博士便笑道：「我實說了吧。陸先生給予我的條件太優厚了，予心動矣。所說的要考慮的兩件事，叫我立刻下了決心把他犧牲。何況我們究竟是四才子中的第三才子，多少有點蠢意。譯書究是一件蠢事，頗合著蠢才的口味，不能不讓人捨彼就此。那麼，我為什麼不一口就答應了呢？這裡還有點下情，原來曾和太太有約，下次若去仰光，一定帶了她同去，現在改為去香港，不知她的意思如何，所以必須問她一句。」陸先生且不答覆他的話，伸出手來隔著茶几，緊緊地和他握了一握，笑道：「博士，你這些話十分痛快。我完全相信，假使太太願意丟下仰光去香港的話，飛機票子一張，也由我代買，不成問題。倒不為了那幾個錢，乃是我去代買票子，比你們買要容易得多。這又是個優厚的條件呀。」

西門德看他始終是高興的樣子，料著必是他說的「祿亦弗及」的情形下，有點祿已可及了。便笑道：「陸先生既然認為我是很痛快的了，我也無須多說，隔明日一天，後天上午我再來答覆。」主人笑道：「那聽便，好在這並不是一件過分爭取時間的事。我今天早上無事，坐著擺擺吧。若要吃點心，家裡還現成。」

西門德既是要答應去香港，自是要和主人多談一陣，在主人的言語中，才曉得主人有作次長的希望，而且這個訊息就是昨天晚上肯定了的。可是陸先生的次長資格，已獲得有三年之久，幾次有實現的機會，他都拒絕了。他以為不幹則已，要幹就是部長，這副字號的事情，抓不著權，發揮不了他的才情，他不屑於幹。不想如此堅持了三年之久，不但沒有絲毫進展的象徵，而且和政治舞台竟是慢慢的疏遠了。這樣下去，那是很危險的，可能變為純粹在野的人物。他既不便向人家表示，我現在願意幹次長了，人家不是他肚子裡的蛔蟲，也不知道他已軟化，所以始終無法打破這個僵局。於是這無可解除的苦悶，只有一味的去發牢騷。到了最近期間，有人徵問他可否出山，先試試副字號，他聽了甚是高興。但一來怕訊息不十分準確，二來也未便立刻就表示轉圜，只許有了機會再考慮。昨天晚上送來的訊息就更好了，那是說這個副字號，不是無事可做的，將在他的本職之外，另兼一個獨立的機關。若是陸先生不再考慮的話，一星期之內就可發表。他這就覺得於面子上既說得過去，和他的意味也十分相合，就答應不再考慮。這一高興之下，對任件事情都有興趣，甚至感到這一天的天氣都特別好。

對於西門博士這個譯書的約會，本是早有此意的，但原來還不失發牢騷的意味，要另作點事，向知識分子取一條聯繫的路線，以壯壯在野者的身分。現在倒變成了一種業餘的舉動。凡人業餘所幹的事，往往是比正當工作還幹得有趣的，如學生打球，公私團體職員玩票，就是一個證明。西門德和他談上兩小時話，並未向他作什麼刺探訊息的企圖，主人卻是情不自禁地把這個訊息陸續的洩漏了。博士知道了他這種情景，用心理學家合理的推測，料定他所許的條件，一點也不會假，這日上午，就帶了十分的興致過江。回家去，亞英還是在這裡等著，一見他把穿西服的胸脯挺起，滿臉都是紅光，這就知道訊息甚好。站起身來相迎，僅僅是作了一個開口的樣子，博士將手杖放下，左手揭了帽，右手搔著頭髮，笑道：「很有趣，很有趣。今天我聽到一篇四才子的妙論。」

西門太太聽了他的聲音，自裡面屋子迎到客室裡來，望了他道：「你又是找你那些老同行擺龍門陣去了。你還有工夫去和人家研究小說。」博士且不答覆她這話，在沙發椅子上坐下去，兩腳伸著笑道：「太太，你有意思到香港去一趟嗎？她覺得這話有點突然而來，問道：你不是說和人家研究四才子嗎？」博士笑道：「這和四才子正是一件事，請坐請坐，我們好好的研究研究。」於是他讓著太太和客人坐了，把今日陸先生所談的話，重述了一遍。西門太太臉上的笑容，隨了博士的談話繼續增長，博士說完，她將手連拍著椅靠道：「我決定去，我決定去。這幾年在重慶，實在住得膩了。我們什麼時候動身？」博士笑道：「事情也不是那樣簡單，說去就走。」她道：「這還要辦什麼出境手續嗎？既不用得你籌川資，還不用得你買飛機票。」博士道：「我們要走，第一，這個家我們也得安頓一下。這還是小事。第二，人家允許讓百分之二十的噸位來讓我們運貨。我們總也要有個計劃，運些什麼東西進來。我們自不能同貨車繞廣州灣回來，假如我們後回來……」她搖搖頭，攔著道：「一切用不著。由香港坐飛機回重慶，幾個鐘點的事，還怕追不上貨車嗎？家不用得安頓，一把鎖就交代了。人家出錢，你買貨，有什麼不會？重慶需要什麼，你就運什麼進來，我就能和你計劃。」亞英坐在旁邊原沒有插嘴的機會，只是靜靜的聽下去，聽到這裡，他就不覺嗤的一聲笑了。

西門太太望了他笑道：「你笑什麼？我這些話不是實情嗎？」西門德笑道：「人家笑你這顆心，已飛到香港去了。」她道：「在重慶的人，誰不願意去香港？他姓區的也是人，他就願意在重慶過苦日子逃警報，不願意到世外桃源裡去享福，那除非真是個蠢才。」亞英笑道：「師母，我的意思，博士沒有猜著。不是那個說法。重慶的霧季，沒有太陽，總是讓人摸不到什麼時候，頗是討厭。現在該是吃午飯的時候了吧。」她「哦喲」了一聲，站起來笑道：「飯大概早就預備好了，我去叫他們開飯。老德你怎麼也不提一聲？」博士看著亞英將兩手互搓一陣，笑道：「人同此心，可以白逛一趟香港，還有個不興奮的嗎？興奮也就忘了吃飯。假使現在黃小姐突然在我家出現，亞英他要記得吃飯，我就把複姓改成單姓。」亞英笑道：「這種起誓，不怎麼有趣。若照博士的說法，應該說是我就成了第一才子。」

西門夫婦聽了這話不禁大笑，正有一句話要說，只聽得樓下有女人的聲音叫道：「在這裡，在這裡，你老人家放心吧。」這幾句話自是突然，引得大家都走向到樓廊上，向下面看了來。

速戰速決

這個說話的女人，是亞英堂姐妹區二小姐，後面跟著一位穿長袍子，扶著手杖的老人，卻是區老太爺。西門太太喲，了一聲道：「老太爺來了。這是稀客呀！」老太爺將頭上的呢帽子取下來和手杖一把抓住，另一隻手卻拿了手絹不住的去擦抹頭上的汗珠。亞英老遠看到父親，還有些氣喘喘的，必是過江來上這個坡子有些吃力，便奔下樓來直跑到院子裡來，迎著父親笑問道：「你老人器具麼時候進城來的？」老太爺瞪了兩隻眼睛望著他，總有四五分鐘之久，然後微微的搖撼著頭道：「你這個孩子，哎！你這個孩子！」博士也迎下樓來了，笑道：「老太爺也沒有僱乘轎子上山來，請上樓休息休息吧。」老太爺和博士握了手，搖著頭笑道：「可憐天下父母心！」他斷章取義的就只說了這七個字。博士自覺得他感慨良深，但不知這感慨由何而起，當下很恭敬的將客人引到樓上客室裡來。老太爺坐下只是打量屋子，笑著點頭說：「這地方很好。」主人主婦忙著招待茶菸，用人們卻在隔壁屋子裡送上了飯菜。二小姐和老太爺，雖是匆匆而來，但他們坐定了，倒並不作什麼表示。西門太太卻是忍不住握了二小姐的手問道：「你們是找亞英來的吧？」她答道：「這事你自然明白的，我們是怕青年人太任性。現在他既在這裡，那就不必再說什麼了。」西門德聽了這一篇話，那就知道他們是為著什麼事來的了。於是向老太爺點著頭笑道：「好在是極熟的人，大概說一句遇茶喝茶，遇飯吃飯，是不嫌怠慢的，先請吃便飯吧。」區老先生坐著喝了一杯茶，自己沒有把爬上山坡的這口氣和緩過來，因此也是默然的沒說什麼。主人一請，他就將手巾擦著汗，緩緩的站了起來，笑道。「飯倒是不想吃，請再給我一點開水。」

亞英這已料著父親是追尋自己來了，但為什麼這樣焦急著的追尋，還有點不明白。而老人家這樣驚惶未定，透著受了很大的刺激，於是站在一邊呆了，說不出話來。主人笑道：「不必喝茶，有很熱的雞湯。我看你老人家也是累了。」老太爺微微一笑，隨同著主人入席吃飯。在飯桌上，西門太太就問著為什麼老伯不坐轎子上來。老太爺笑道：「我那一會子也是心不在焉，急於要和博士伉儷晤面一談，也就忘了坐轎子了。」西門太太偏著頭向二小姐道：「為什麼這樣急呢？」二小姐笑答道：「說起來是一件笑話，事情過去了，也就不妨說出來。是青萍離開重慶的第二天，我曾寫一封信給伯父，同時這天報上登了一條新聞，說有個西服男子投江自殺。原因大概是為了失戀。這兩件事本來不能混為一談，可是就憑我們這位博古通今的伯父大人，竟認為這個投江的西服的男子，就是他。」說著，將筷子尖向亞英點了幾點。西門德笑道：「可能的，這在心理學上，是極可能的一種錯覺。在心理上受到新的刺激的人，隨時都可以發生的。」西門太太笑道：「這我就明白了。二先生，為人還是要講一點孝道。你看作父母的人，是怎樣掛心他的兒女。」亞英只是微笑著吃飯，卻沒有說什麼。西門德因笑道：「千不該，萬不該，不該在亞英和青萍訂婚的那個時候，我們卻撞著去吃了一頓，答應給他們作個見證人。到了現在，這個局面已是變得很壞。我們雖沒有那個力量，可以讓這個局面好轉，可也不能讓它再壞下去。老太爺你一見面說句『可憐天下父母心』，真讓我受了很大的感動。我一定勸亞英去創造事業，把這個女子丟開，他也不是那樣沒出息的人，就為了女人拋棄他而自殺。我正有件事要和他商量，還沒有說出來，老太爺就來了。實不相瞞，陸神洲現在有一件文化事業委託我辦。我要到香港一趟。在重慶許多不能結束的事，我都想委託他呢。」於是把要運西書到重慶來譯的話，說了一遍。

這件事自是搔著區老先生的癢處，連聲稱讚。二小姐也道：「我是神經過敏，怕香港有事，匆匆忙忙飛進重慶來。現在看到大家不斷的向香港跑，我也想再去一趟。」西門太太吃得很高興，夾著紅燒雞塊送到嘴裡去大嚼，眼睛可又望著端上桌來熱氣騰騰一碗蘿蔔絲鮮魚湯。自西門德發了洋財回家，她神經雖然有些失常，而每頓飯菜餚總是很好的。今天得了博士要帶她上香港去的訊息，這頓飯更是吃得酣暢淋漓。這時她一日將嘴裡的飯菜嚥了下去，望著二小姐笑道：「去呀！最好我們能一路。我也不知道到香港去能遇到一些什麼。你若是在那裡，我就有個伴了。在重慶大轟炸之下，沒有炸死，是白撿著的一條命，應該到香港去足足的玩上一陣。縱然香港有問題，反正撿來……」西門德皺了眉，望著她攔住了道：「得了得了，雖然我們是不講迷信的，可是憑了你這個思想出發點去香港，那也怪掃興的吧？」她笑道：「怎麼怪掃興，人要是想通了才肯盡情去找娛樂。」老太爺也曾聽說自博士弄了一票錢回來，他太太頗有點神經失常。北方人形容窮人發財的話，「有點招抵不上」。現在觀察她的言行，果然如此。這就聯帶想著博士，若是帶她到香港去，那真說不定會發生什麼不幸的事情，當時也沒有說什麼，倒想著要開導開導她。

飯後，西門德留著區老先生長談，沒有讓他們父子渡江。到了三四點鐘的時候，滿天的雲霧下面，西邊透出一片紅霞，落山的太陽帶了七八分病態，將那雞子黃的陽光，偷偷看著山城的兩岸。博士就邀著他們父子二人，趁了晚晴出去散步。

他們這莊屋後面，就是小條石板鋪的人行道。因為這裡私有別墅多，不斷的有著竹和樹林，那石板路順著山崗，在竹樹陰裡疊著坡子曲折前進，頗也有趣。區老太爺扶著手杖，走了一二十分鐘，遠遠看到這條路伸入一個山埡裡去，便在大黃桷樹下一個小山神廟的石台上坐著笑道：「再向前走，可不能安步當車了。」西門德道：「在沒有開公路以前，川東一帶，恐怕根本就沒有車子。當車不當車那是說不上的。在四川散步，這樂趣倒是有相當的限制。作個短程旅行，像我們這種腰腿欠缺功夫的人，就要坐轎子，旅行坐轎子，卻又減少興趣，所以我也很少下鄉。」老太爺道：不過根據人道說，坐轎子是不應該的事。這不知道是哪一位大發明家發明的，把人當牛馬來用，『始作俑者，其無後乎？』現在打仗的時候，大家喊著節省人力。大後方卻把大批壯丁，作為伺候有錢人的牛馬，這是一個極大的浪費。」西門德把老太爺的話聽下去，昂起頭來向天上望著，嘆了一口氣道：「戰爭真是改變宇宙的東西。多少抬轎的，變成坐轎，又有多少坐轎的變成抬轎。」西門德默然了有兩三分鐘，先點點頭，接著又搖搖頭，隨後笑道：老太爺回到我家去，煮一杯咖啡，慢慢談談這一問題吧。」老太爺看他的情形，似乎這裡面藏著一個問題，因道：「博士還有什麼感慨嗎？我是個很知足的人。」說著話，三個人慢步向原路走了回來。大家順了石板路走，未曾分途走向西門的寓所，卻不大介意的踏上了江邊一條小街。因為是接近過江渡口，所以店鋪相當熱鬧。巷口一家吊樓茶館，鬧哄哄的坐著茶客。因為這很可引起行人的注意。西門德不免停腳，向裡張望了一下，他原無意尋找哪一個人，卻在這時，有人高聲喊著「老師」。隨聲在茶座叢中站了起來。大家看時，是個穿西裝的小夥子。博士向他點了點頭，他迎著走到屋簷下來，又向老太爺鞠了半個躬，叫聲老先生。區老先生問他貴姓時，西門德道：「他叫李大成，到府上去過的呀！」這李大成三個字，卻由亞英耳朵裡直打入心坎裡去，原來就是他。順了這個念頭，向他再檢查一遍，見他身穿淡青帶暗條的西服，裡面是米色的毛繩背心，拴了紫色白條領帶，手指上還帶了一枚金戒指呢。一個賣橘柑的小販，哪裡來的這一身闊綽？很快的他就想到青萍代自己買衣物這件事上去。他心裡一陣難過，把西門德和他談的話全沒有聽到。及至自己醒悟過來，前面兩個人已走開好幾丈遠了。李大成呢，也走回了茶座。

亞英站著想了一想，也就跟著走進茶館來。李大成占著的這個茶座，恰好並沒有他人，他直接的走向這裡。李大成見了他，立刻站起來點點頭，臉可漲得通紅說不出一句話來。亞英看他這情形，心裡明白了問題的一半。但看他躊躇不安，卻又不忍給予他難堪，便微微的點頭道：「你認得我嗎？」大成道：「你是區二先生。」那聲音非常低微。亞莢笑道：「沒事，我不過想和你談談，我找你兩三天了。坐著坐著。」於是兩人對面坐下。

李大成叫著泡茶來，表示一番敬客的樣子。亞英且自由他，笑道：「你不要疑心，我找你兩三天並沒有什麼和你為難之處。只是要向你打聽訊息。你知道青萍到哪裡去了嗎？」李大成道：「我也不大清楚，只是在朋友那裡得的訊息，她坐飛機走了。」亞英道：「難道說事先沒有告訴你一句，臨走你也不知道？」李大成道：「她臨走的那幾天，我只在街上碰到她一次。她說是忙得很，並沒有工夫和我在一處，叫我回南岸等著她。她會過江來找我。過了兩天，我到城裡去，才知道她走了。」亞英道：「奇怪，她竟沒有給你一封信？」

亞英望了他，見他面上的紅暈，並沒有退下，兩眼不定神，滿帶了恐懼的意味。因搖搖頭笑道：「不要害怕，我也犯不上和你為難，我們都是受騙的。」李大成默然，挑選面前一堆殘剩的葵花子，送到嘴裡去咀嚼。茶房送著香菸火柴來了，他抽了一支菸敬客，並代擦著火柴，起身給客點煙。他自己雖然坐下，並不吸菸。亞英越發就不忍把言語逼他了。吸著菸沉思了一下，和緩的笑道：「你當然知道她和我訂了婚。可是我很尊重彼此的人格的，小兄弟，你沾我的便宜不小哇。」李大成聽到這裡，臉越發的紅了，紅暈直漲到耳朵根下去。他低聲道：「不，不！我絕沒有沾二先生的便宜。她和我原是早已訂婚了的。」說著，他舉起手來，將那金戒指向亞英照了一照。亞英道：「什麼？你們也已經訂了婚的？」說著，睜眼望了他的臉色。大成臉色正了一正，似乎覺得理直氣壯，點點頭道：「訂婚很久了。不過她不許我告訴人。」亞英道：「你為什麼和她訂婚……」他這句話說出口之後，自己立刻也就覺得荒唐。他又為什麼不能和青萍訂婚？姓區的憑什麼可以問這一句話？男女之間，到了那個程度，自然要訂婚，訂婚上面根本沒有為什麼。有之，就是要結婚了。

李大成先被他問得頗有點愕然，最後，只好傻笑笑。亞英接著笑道：「對不起，我是受的刺激太深，言語有點盂浪。你大概知道，她和我也已經訂婚的了。」李大成和他談了十來分鐘的話，發覺他並沒有什麼惡意，因捧起碗來喝了一日茶，接著道：「這件事，她一直是瞞著我。這用不著我說，二先生也會明白。她已經和我訂婚在先，怎能又去和別人訂婚呢？後來我在西門老師那裡得了訊息，我非常奇怪。」亞英道：「你沒有質問她嗎？」李大成又捧起碗來喝了口茶，而且把那盒紙菸在手上盤弄了一陣，眼望紙菸盒道：「我不能瞞你，我一家人都倚靠她挽救過的。起先我沒有那勇氣敢問她，不過在我的態度上，她也看出我有什麼話要說似的。她倒先問我有什麼話，到過西門老師那裡沒有？我告訴她去過。她說：那我就明白了。他們告訴你，我已經和區亞英訂婚了吧？那有什麼關係，是假的呀。」

亞英聽了這話，臉色變了一下，但是他依然強自鎮定著，微笑了一笑，鼻子也哼了一聲。大成道：「你莫見怪，這是她說的，不是我說的。」亞英笑道：「我知道是她說的，我也不怪你。」說著，很從容的又取了一支紙菸吸著。笑道：「你儘管說，以後你怎樣問呢？」李大成道：「我就問她，怎會是假的呢？而且也有我老師師母作證人。她說的話更難聽了，她說：『那有什麼關係呢？並沒有留下什麼證據呀。這不過教他三個人抬一頂蘭個頭的轎子我坐坐罷了。』我又問怎麼是三個頭的轎子呢？她就說『你不用問，事後自知。』而且叮囑我，這話不能對老師師母說，若是說了，彼此的婚約也取消，以後誰不管誰。我不知道什麼原故，非常怕她，她這樣叮囑著，我就沒有告訴過第二個人。一直等她離開重慶了，才知道讓她騙了。可是憑良心說一句，我只有沾她的好處，她並沒有沾我的好處，她也不能算是騙我。不知她可騙了二先生什麼沒有？力亞英淡笑道：她雖沒有騙去我什麼，可是她讓我精神和名譽上受了莫大的損失。我再問你一句，你已經和她同居了，這是真的嗎？」大成道：「沒有，不過彼此常常見面。」亞英道：我已知道很清楚了，你們不是住在一個姓張的家裡嗎？你們同居了多久？」糟大成道：「二先生當然知道，她是住在溫公館的。」亞英道：「但有時她也住在外面，當然那就是住在張家了。」大成道：「她的行動，我向來不敢問。她寫信叫我到張家去等，我就去等。有時候空等一起，她也不來。」亞英道：「但有時你是等得著她的呀！」李大成沒有回答他的話，將茶碗蓋翻過來放在桌上，將茶倒在茶碗蓋裡，紅著臉低頭不作聲。亞英發過脾氣之後，也是默然著，大家約莫沉靜了五分鐘，還是亞英先道：「我並沒有什麼怪你之處，我不過向你打聽打聽訊息。」李大成道：「她不過是玩弄我罷了。她哪裡會向我說什麼真心話，我想這一層二先生也是知道的。」亞英對他周身看了一下，因道：「那麼，你已經不想念她了。」李大成也微笑道：「那不是空想她嗎？她也不會嫁我這個窮小子。」亞英點了點頭，又喝了口茶。

兩人正沉默著，西門德卻由外面匆匆的跑了來。他老遠看到兩人正坐在茶桌上喝茶，很隨便的談話，便站在門口先掏出手絹擦了幾擦額頭上的汗，然後才慢慢的走了過來。這裡兩人都站起來相迎。博士向亞英笑道：「一路走著，忽然把你丟了。老太爺大為驚異，但是我猜著你一定在這裡，所以立刻回轉身來找你。」亞英笑道：我和這位李君談談，雖然……勞他笑著，看看李大成，可沒有把話繼續說下去。西門德道：「不用談了，你要談的話我知道，無非是越說下去越煩惱，走吧。」說著，他伸出一隻手來拉了亞英就走。博士一面向李大成揮著手道：「茶錢就奉擾了。」亞英當然知道博士是什麼意思，老遠的抬起手來，向大成叫著道：「朋友，再會了。」西門德將他拉到街上，方放下手笑道：「你和他還是朋友嗎？你雖年輕，倒是胸襟闊大。連我是她的老師，她都順手玩弄了我一下。從此以後，你可以不必以她為念了。你的前程還遠大著啦。」

大家回到西門公館，吃了一頓很好的晚餐。晚上，加入西門太太和二小姐圍坐夜話，大家都有點刺激。西門德夫婦是覺得陸先生的去香港的條件太優厚。亞英覺得受青萍的玩弄太大，下不了台，應該離開重慶，運動西門老師，要求陸先生允許他到廣州灣去一趟，那樣他可以把他們運貨的車子押解進來。區老先生對於西門博士和陸神洲譯書的工作，也很贊成，認為如果自己也能加入，倒可以弄幾個譯書費。西門太太是為了能到香港去，贊成先生去和陸先生幫忙。只有區家二小姐是個事外之人，但是聽到大家正很起勁的要到香港去，大概那裡是沒有問題，就是溫二奶奶也在重慶過得膩了，覺得一切不如香港，假使她願意去的話，一路坐飛機去，也可以得到許多便利。於是她把這意思告訴了西門太太，西門太太立刻握著二小姐的手道：「那極好了，我十分贊成。我們明天一路去和二奶奶商量，到了香港，我們三個人又在一處，那是多麼好呢？好在押運的那批車子，還在路上走，就是貨到了要脫手，總也要個相當的日子。陸神洲對於這件事，也沒有限定什麼時間辦理，自不催著。」

這晚談得很夜深，方始安睡。第二日早上，區莊正帶了亞英和二小姐，向西門德告別，一同渡江。這裡所著急的，倒是西門太太，因為她約著區二小姐和溫二奶奶一商量，二奶奶遊興勃發，慨然答應著同走。那邊約好了這個快樂旅行，可是這方面是主體，倒沒有了日期。她又是苦惱起來。博士坐在椅子上，倒發了一陣呆。心想這位太太實在難於應付，過窮日子她會瘋，有了錢，她也會瘋。雖然到了現在，生活有了個小小的辦法。一生一世得不著個美滿家庭，究竟也是乏味。

這天，匆匆吃過午飯，西門太太自換好了衣服，穿上了皮鞋，完全是個要出門的樣子。但她並不向西門德打一個招呼。博士自不須她吩咐，立刻穿上大衣，拿了手杖恭候在走廊上。就在這個時候，電報局裡信差送著一封電報來了。博士一看電報封套上，寫著發電的地址是貴陽。便拿電稿向屋子裡來，自言自語的道：「貴陽有誰給我來電報呢。」於是去找圖章以便在收電回執上蓋了，打發信差，偏是圖章放失了方向。十幾分鐘沒有找到。這時西門太太走到走廊上瞪了眼道：「懶驢上磨屎尿多，我一個人走。」西門德來不及理會，自在抽屜裡找到了圖章，將收電手續辦完，笑著跑出來道：「好訊息，好訊息！亞杰來電，由貴陽動身了。若是車子不拋錨，三四天之內一定可到。」說著話看時，太太已不見人影了。追到大門外來，叫了幾遍，也不見有人答應。

博士覺得太太脾氣太大，止經事也不容人說理。反正她平常是不要先生陪著自己去遊玩的。也就不去追她了。亞杰快到了，有些賣貨的事，須預為布置。趁著太太不在家，靜下心來寫好幾封接洽業務的信。一混天就昏黑了，獨自吃晚飯，料著太太又住在溫公館了，自也不必等候。可是這次出乎預料，只吃了半碗飯，便聽到她在樓下叫著女傭人的聲音問道：「先生在家嗎？」她的問話卻沒有人答應，便快步走進屋子來。看到西門德坐著在吃飯，卻站定了喘過一口氣，但她的兩隻眼睛依然滿屋張望。西門德笑道：「又有了什麼問題呢？你不住的在找尋什麼線索吧？」她慢慢的定了神，放下手皮包，脫下大衣，坐在桌子邊，紅著臉笑道：「我在電影院裡看電影，看到那男主角丟了太太，私下逃走，我疑心你和那人一樣也逃走了。」西門德放下筷子，哈哈大笑道：「你真是神經過敏，怎麼會把電影裡那個男主角，和我聯想起來？怪不得你一進大門，就大聲喊問。你是怎樣妙想天開的就想到這上面來了呢？」她道：「妙想天開嗎？我出門的時候，有封電報來了，我想是亞杰由昆明或者貴陽打來的電報，叫你去接貨，你接了貨，還怕賣不到錢嗎？有了那大批的錢，你就好去香港。」西門德笑道：「你七猜八猜，居然猜著一點線索，那電報果然是亞杰由貴陽發來的。」她搶著道：「他約你到貴陽去，拿電報我看。」說著，伸出手來。西門德不敢再逗引她，就在衣袋裡掏出電報來給她看。

她見電稿譯著現在的，「一車貨平安抵築，即來渝，傑。」西門德笑道：「這可放心了吧，他並沒有約我去。吃飯吧，菜冷了。」她拿著電稿遲疑了一會道：「也許這是密碼電報，譯出來的全不是這一回事。」西門德笑道：「真是笑話了。這電文是電報局裡代譯的，又不是我譯的，難道我串通了電報局來欺騙你？你如再不信，桌子抽屜裡有電報本，你自己校對一下。」

她這才算是放下了心，笑道：「我見黃青萍不聲不響的就飛走了，覺得人心難測。」西門德笑著，連說「是了」。便起身拿了碗筷來替太太盛飯，又叫劉嫂將湯拿去熱。她吃著飯笑道：「老德，你待我總算不錯，不過男子們有了錢就會作怪的。你現在可算是有了錢了，以後你無論到哪裡去，我都得跟著你。你說可以嗎？」西門德笑道：「豈但是可以，簡直非這樣辦不可，你不放心我，我還不放心你呢。你是越來越年少，而且越漂亮了。」她笑著哼了一聲道：「反正配你配得過。」說時，將筷子頭指點了自己的鼻子尖。博士也就笑了。

第二日，安靜的過去。到了第三日，她就有點忍耐不住。到了第四日，她根據博士所說，三天半的時間，認為這日下午車子一定可到，兩三次催著他到海棠溪去看看。西門德明知這日下午車子未必能到的，可是太太卻是實心實意的期望著，若要不去的話，也許會急出太太的病來。吃過午飯，就走向海棠溪。到了這裡，當然也就在停車的地方探視一番。雖是沒有車子的蹤影，依然不敢回去，在小茶館裡直坐到四點鐘，方才回家。還在山坡下，老遠的就看到太太倚靠著樓欄杆在張望，自己倒笑了。自言自語的搖著頭道：「對付這位太太，真是沒辦法。」還只走到樓下呢，她老遠的就向下喊著道：「車子來了嗎？」博士走上樓來才笑道：「我說你又不相信，讓我白去候了半天。」太太沉著臉道：「你幹什麼事，都是這樣慢條斯理的！」博士笑道：「這真是冤枉了，車子不來，我特別加快也是無用。」她道：「我是說你答覆得太慢了。你在院子裡，我就問。可是你一定要上了樓才答覆我。」西門德聳著肩膀，只是架腿坐著吸雪茄，太太望了他道：「你是存心氣我，你不知道我是個急性子的人嗎？你既然去等車子，你就該多等一會兒，這麼一大早的就回來，也許你剛剛一走，車子就到了。」博士看她是真生氣，也就不敢再和她開玩笑了。

但今天這關雖已過去，料著她明天一大早又是要催著去的。若是一大早就上海棠溪，到了下午五六點鐘方才回家，這一天的工夫怎樣經受得了。因之預先撒了個謊道：「到了明天，你可別忙呀！他們跑進出口的人，有個不可解的迷信。就是上午不到站，縱然開到了，也要在離站幾公里的地方停下車子來，捱到下午方才開到站頭。所以我們要去接車子還是下午去。」太太道：「那是什麼原故呢！」博士道：「就是這樣不可解了。我根本不迷信這個原則，我也沒有去打聽，大概是由昆明的市場，習慣傳染下來的。昆明照例上午無市。」西門太太自沒有料到這是謊話，也就沒有追究。

次日上午，她因為知道車子不到站，卻也照常過活。到了十一點鐘，就催開飯，吃過飯，不到十二點鐘，她已化妝換衣服，穿皮鞋，一切辦得整齊了。問博士道：「今天我們不去接車子嗎？」博士笑道：「海棠溪可沒有什麼地方讓你去休息，你不嫌去得早一點嗎？」她已把手皮包拿在手上，看看手錶道：「已是十二點半了，可算是下午了。假使亞杰上午就到了，停在幾公里外的地方，我們到了海棠溪他也就到了。」博士暗叫了一百聲豈有此理」，可是嘴裡不敢說出來，只好帶了微笑，跟著她一路走。下得山坡，僱了兩乘滑竿，坐到海棠溪。博士知道這位夫人，是不到黃河心不死的脾氣，空言勸說不生效力。下得滑竿，就直接帶她到海棠溪車站上來。短短的小鎮市是幾家酒飯館，雜貨店，馬路上空蕩蕩的，倒不見有什麼車輛進口。這一帶有幾爿進出口的聯繫站，亞杰那爿五金西藥店，也有個不懸招牌的聯繫站。博士帶著她到了那裡，先問過了一遍，車子並沒有到，話是當面問人的，當然她沒有什麼不信。先讓她安下了這顆心，然後帶了她在附近一家茶館裡，找一個臨街的茶座坐了，而且還請她上座，讓她面對了大街。這樣過來任何一輛車子，她都可以看見了。

西門太太理想中的海棠溪，以為也是儲奇門、都郵街這樣的大街，又以為他們的聯繫站，也是個字號。殊不料這個碼頭上根本沒有街，要走一兩華裡，才有一截市面，而問信的那個聯繫站，也是黃土牆矮房子，裡面並無處可以落腳。這樣博士引她來坐小茶館，那就無可推辭了。小茶館她是看見多了，也是覺得不堪領教，根本沒有坐過。現在靠住一張黑漆漆的桌子，坐在硬邦邦的木板凳上，絕沒有在咖啡座上那樣舒服。面前放著一蓋碗沱茶，喝起來自沒有龍井香片那個滋味，也沒有紅茶那個滋味。她喝一口，根本就感到有一點兒澀嘴。茶兌過一回開水，變成了陳葡萄酒的顏色。這是她自己甘願來的，不便有所怨尤。卻向博士笑道：「我在溫公館也喝過沱茶，可不是這個味道。」博士笑道：「什麼東西能拿溫公館打比呢？狗吃三頓飯，也會比普通人士高上一籌。他們喝的沱茶，自然是精選的。溫公館裡的沱茶，小茶館裡也有，那也不成其為溫公館了。」

西門德心裡可就想著，我這位太太，這兩天逼得我也太苦，我應當懲罰她一下，於是出了茶館，帶著她順了公路走去。羅家壩這一帶，恰是窮山惡水，兩邊毫無樹木的黃土山下面，窪下去一道帶梯田的深谷。順流著一條臭水溝，溝兩邊有些民房，不是夾壁小矮屋，就是草棚，還有些土饅頭似的墳墓，亂堆著在對面黃土山頭。博士道：「過去十八公里可以到南溫泉去洗個溫泉澡。此外是沒有什麼可遊玩的地方了。」

她今天恰穿的是一雙半高跟鞋，走著這遍體露出骨頭的公路，自不怎樣的舒服，慢慢地感到前腳板有點兒擠夾難受，身子也就隨著有點前俯後仰，於是離開路中心，就在路邊有乾草皮的路邊沿上走。博士道：「太太，你是不慣抗戰生活，在路邊草地上坐一會子吧。等著空手回頭滑竿，抬了你回去吧。」她倒真是有這點意思，但是她最不愛聽人家說她無用，便扭著身子望了他道：「你就那樣小看了我，這兩年在重慶住家，你出門不是坐轎就是坐車，走路的能力你就比我差得遠。」說著，她拔腳就向羅家壩走去，一口氣真走了一公里多路，到了原來的那家小茶館。她無須博士要求，就在茶座上坐下了。

西門德隨後跟了來，左手揭起呢帽，右手掏出衣袋裡手絹，擦著額頭上的汗，走到茶館門口站住。看了太太微笑，她兩道眉毛一揚，笑道：「你看還是誰不行？博士點著頭道：我不行就不行，我絕不勉強充好漢。」說著，在桌子一邊坐下，笑道：「太太，坐在這種地方等車子，你知道不是生意經了。休息一會子，我們坐滑竿回去吧。你受不了這個罪。」她笑道：「你以為我是勉強充好漢嗎？」博士笑著沒有把話再向下說。她自然也不跟著再向下說。第二次各泡了一碗沱茶。西門太太便覺得不是像初次那樣難喝，口渴了喝過半碗茶，再喝半碗，接連就兌上了兩次開水。這樣的枯坐了半小時，西門德就去買了些瓜子花生糖果之類，放在茶桌上，笑道：枯坐無聊，我們抬抬槓吧。」她道：「這是什麼話？」說著，一賭氣站起來，借了這賭氣的一個姿勢，就走出了茶館去。西門德趕快會了茶帳由後面跟著來，追到向黃桷埡的分路口上，幾個抬滑竿的轎伕子，正圍了她講價錢。

西門德看到，臉上透出了一點得意的微笑。她立刻就很快的揮著手道：過去過去，我們不坐滑竿。」西門德淡淡的笑道：「還是坐了去吧，到家得有幾里路呢，而且路也不好走。」她道：「我反正拚得你過，笑話，我走不回去？再走兩遍我也不在乎。」西門德道：「那麼，我不送你了，我過江去一趟。」說著，果然立刻轉身走去。她始而還不信博士真走了，站著遲疑了一會子，約莫有五分鐘，然後出了一筆高價的價錢，坐著一乘滑竿走了。西門德不免在羅家壩兜上半個圈子，也就坐了滑竿回家。到家時屋子裡靜悄悄的，推開房門一看，太太已是和衣在床上睡著了。博士心裡暗喜，覺得不怕這位夫人難於對付，只要稍微肯用一點腦筋，那就勝利了。

到了次日早上，她自是醒得最早，而西門德卻痛快的多睡了兩小時，不像過去兩日受到情不能堪的聒噪。醒來之後，自自在在的吸菸喝茶看報，太太不再要他到海棠溪接車子了。午飯以後，太太還是不提什麼，西門德口裡銜著雪茄，架了腿坐在沙發上，故意的向太太道：「家裡還有咔啡吧，熬一點喝可以嗎？今天我的興致很好，我想看幾貫書。」她道：「熬咖啡你喝可以的，可是你今天下午，總也應當到海棠溪去一趟呀。」西門德還沒有答言，門外卻有人接嘴道：「不用去接我，我自己會來報到的。」隨著這話，區亞杰走進了屋子來。他上身穿著一件麂皮甲克，下套長腳青呢褲，不過周身都帶了灰塵，臉上的健康顏色，也是浮出一片黃黝的汗光，充分的表示一種風塵之色。他手上拿了一頂灰呢的鴨舌帽，見到主角夫婦各鞠了一個躬，很誠懇的執著晚輩晉見的禮節。

西門德立刻迎上前執著他的手道：「辛苦辛苦，我們接你三天都沒有接到，今天不接你，偏是你又來了。」西門太太正也是有許多話要說，然而在亞杰後面緊隨著有一個跑碼頭的孩子，他將小扁擔挑了一擔東西進來。前面是兩隻火腿，另外一個小籃子，籃子裡面有許多大小紙包。後面是兩簍廣柑也附著一個小籃子。這些東西在樓板上放下，亞杰掏錢將小孩子打發走了，才笑道：「這和押運的貨無關，是我個人沿路買的一些土產，請博士和師母的。」西門太太笑道：「我們也要出門坐飛機了，哪裡帶得了許多東西。」亞杰愕然的，望著問道：「你們要出門到哪裡去呢？」她笑道：「我們要到香港去住家了。」西門德皺了眉笑道：「達訊息雖是你所急於要宣布的，也不要這樣太急，人家遠道而來，還沒有坐下呢。她道。我哪裡是急於宣布這訊息，也不過因話答話罷了。」

博士不再和她辯論，一面叫傭工和亞杰送來茶水洗臉喝茶，一面陪他談話。亞杰告訴他：一路都還順利，只是過路的特別交際費，多用了一點，有帳可查。也就因為這樣，路上沒有什麼留難，不然可能在最近的一個關口耽誤個三五天。找了一點機會，昨日下午闖過來，今天上午九點多鐘，就到了海棠溪。

西門太太靜靜的坐在一邊聽著，這就插嘴道：「亞杰，你只管要趕到碼頭，忌諱都不顧了嗎？」亞杰道：「什麼忌諱？我倒沒有想到。」她道。「你們的規矩，不是在上午不許到站的嗎？我還是昨天才知道這規矩的。」亞杰笑道：「沒有這話。」博士只管向亞杰以目示意，要攔阻這話，可是已來不及了。她望了博士道：「好哇！你又是騙我的！」西門德起身向她欠了一欠腰，然後笑道。「雖然是撒謊，也完全是善意的。假如不說這話，也許你上午就要去接他，那你就更要受累了。」亞杰也向她欠著身子笑道：「要師母去接我，那真是不敢當。西門太太笑道。老實告訴你，我是個性子急的人，聽說有機會要到香港去，我恨不得立刻就動身。可是你沒有回來，我們這一筆帳沒有了結，怎麼走得了呢？我要走，我就盼你來，所以我就來接你。」亞杰道那真是抱歉得很，師母也不打個電報給我，我怎麼會知道你到碼頭去接我？西門德道。就是打個電報給你，你也不能不分晝夜的走。她未嘗不曉得你自然會來，不去接你也並沒有關係，可是她心理作用，能在海棠溪接著你，她心裡就可先安慰幾小時。亞杰笑道：「現在師母可以去籌備一切了，車子同貨全到了，貨也好脫手。只要我們不太貪圖多得錢的話，很快就可以脫手。這個年頭你還怕有貨變不到錢嗎？人家只怕是有錢買不到貨。」西門太太便回轉頭來向博士道。「我們也不靠這一次發財，就靠了天，我想能賺幾個錢，我們就脫手賣了它吧。」西門德笑道。豈但是能賺幾個錢我們就脫手，少蝕幾個錢的本，我也肯脫手。

亞杰倒吃了一驚，望著他道：「怎麼回事？時局有什麼急遽的變化嗎？」博士笑道：「時局沒有什麼急遽變化，難道我們心理也沒有什麼急遽變化嗎？我們現在急於要到香港去，不違背這個原則之下，我們是無論什麼都可以犧牲的。」西門太太聽了這話，不覺得把眉毛一揚，因道：「你老說這些俏皮話幹什麼？那麼，你一個人到香港去，我不去！」她正坐著在喝茶，把茶杯放了下來，撲篤一聲碰著茶几響，站起身來就向臥室裡去了。

亞杰自知西門太太的個性，就不放在心上，向西門德報告了一番路程的經過，將昆明貴陽的物價情形，也略說了一說，就在衣袋裡掏出一張單子，交給博士。博士看了一看，輕輕拍著他的肩膀笑道：「你當年在中學裡面當教員，哪裡會有這樣一番見識，我們走是走定了，我們走了之後，你打算怎麼樣？你令兄看到我們跑進出口，他也紅了眼，要跟著我們學，你看怎麼樣？」亞杰笑道：「那也好。不過我也是青年，覺得大家都沉迷在見錢就賺的主義下不大妥當。亞英他為了生活，在郊外一度作小販子，這是可以原諒的。現在家庭生活不會像以前困難，最好還是讓他去學醫，錢的方面，我可以幫助他。兄弟三人犧牲我一個人夠了，他何必也要作這種游擊商人去？西門老師該勸勸他。」西門德笑道：「勸他？能勸他的只一個黃青萍，可是她又走了，失戀的痛苦，讓他更急於要去發一筆財，以便賺回這口氣。他對於你很欣慕，他說你現在發了財，那朱小姐又時常的打聽你的行蹤，這一個對比讓他……」亞杰搖著手道：「老師，我們談生意經吧。現在我們就到海棠溪去，以便把貨運過河來。」西門德道：「讓它在堆疊裡放幾天吧。」西門太太卻在隔壁房間裡高聲插嘴道：「對了，讓它堆在貨棧裡過上一年吧。囤積居奇，怕不會再漲個十倍。真是報上說的發國難財的人，日胃越吃越大。」西門德聽了不作聲，向亞杰微微的一笑。兩人都知道她急的是為了什麼，也沒有和她辯駁，只是繼續的把生意經談下去。

約莫有十來分鐘，只見西門太太衣服穿得很整齊的，手上拿著皮包走了出來。她站住了腳向博士伸著手道：「你剛才收下的貨單子，交給我看看。」西門德還不知道她是什麼意思，自然把那貨單交出來。她接過單子，一句話沒有說，開啟皮包向裡一塞，逕自出門向樓下走去了。

博士這倒不能不有點詫異，立刻由後面跟著追出來，連連問道：「你這是幹什麼？那單子我要拿著和人去接洽事情哩。」她已走到樓下院子裡了，回過頭來道：「你不會讓亞杰再給你抄上一張嗎？這是什麼了不起的東西！」她說著話，越走越遠，竟自出了大門。亞杰也追到樓欄杆邊上來了，自覺得西門太太的行動有些出乎常軌，問道：「師母為什麼突然走了？老師是心理學家，你難道還摸不到師母的脾氣？」西門德站著想了一想，笑道：「你猜她到哪裡去了？她是拿了那貨單子，去見她們那一圈子裡經濟學大師溫二奶奶。可是二奶奶拿了這貨單，她會有什麼辦法，至多是告訴我們太太一些道聽途說的行市，那是絲毫無補實際的。她想早點去香港，還得向我求教，賣掉這批貨。別理她這神經病人。」亞杰想著也是並不介意，可是博士只猜著了這趨勢的一半。

西門太太過了江，上車子就坐到溫公館，二奶奶正在小飯廳裡吃午飯。恰好溫五爺今日無事，在家中和二奶奶共餐。西門太太在飯廳外就叫道：「好幾天沒有吃溫公館的飯，趕上了這……」她一腳跨進門，只見是夫妻兩人，並無第三人伴食的，笑著「喲」了一聲，縮著腳未曾上前。溫五爺立刻站起來笑道。「我們也是剛坐下，不嫌欠恭敬，就請上坐。」二奶奶笑道：「五爺也是極熟的人，你還避嫌嗎？」西門太太笑道：「我是說笑話的，二位請用飯吧。五爺在家我正要請教，我在一邊等著吧。我是吃過飯來的。」溫氏夫婦謙讓了一會，西門太太笑道：「五爺，我是你府上的常客，還會客氣嗎？我們這幾天的中飯特別早，為了是吃過飯，好去海棠溪。」

溫二奶奶便不勉強，讓她在一旁坐著，笑道：「我早知道，你們還有一大批貨，連著車子進來，現在是貨也好，車子也好，全是暢銷的，你們又要發一大筆財了。在重慶你忙著收錢進口袋吧，還是打算到香港去花呢？」西門太太笑道：「我忙著到海棠溪接車子，幹什麼？不就盼著貨物來了我好走嗎？現在車子貨全來了，我搶著賣了，就可以走了。五爺，你說我這話對嗎！」她是面對了溫五爺遠遠坐著的，就望了他笑著，希望有個答覆。五爺並沒有考慮，吃著飯點點頭道：「那沒有問題，你只要一鬆口，上午放出風去，下午就可以賣光。」西門太太道：「真的嗎？我很願意速戰速決。只要能賺幾個錢，什麼我們都賣了它。你看這是我們一張貨物單子。」說著就開啟皮包，將那張單子遞了過去。

溫五爺把那張單子放在桌沿上，自捧了碗吃飯，將單子一行行的看下去。看了幾行，他臉上似乎有點驚異的樣子，手捧了碗筷，呆著不曾動作，口裡卻輕輕的「啊」了一聲。西門太太笑問道：「東西都是好銷的嗎？」溫五爺向她點著頭道：「凡是搶運進來的貨，當然都是後方所缺乏的東西，但究竟時間是生意經的第一因素。」他說了這樣一句含混的話，西門太太卻是不解，望了他還不曾再問呢，他笑道：「你讓我詳細把單子看看。」

西門太太看他那樣子，又像有點願承受這些貨，這倒心裡大喜。她想溫五爺是銀錢上極有調動手法的人，只要他肯承受下來，馬上就可以得著錢坐飛機了。於是很安靜的坐著等他們吃飯。飯後溫五爺接過女傭人送上的熱手巾把，一面擦著臉，一面向她點著頭道：「請到隔壁客廳裡坐。」西門太太看他這樣子，倒是把事情看得很鄭重似的，也許他會提出一個很好的建議，便隨著他走過來。溫五爺說了聲請坐，先在一張沙發上坐下，架起腿來把那張貨單子由衣袋掏出來，又重新的看著。西門太太倒沒有留意，是什麼時候，在吃飯之間，他已把單子揣到身上來了。穿著青藍標準布的青年大娘，衣服外罩著白圍裙，雙手洗得雪白，給男主人送上一隻黃色彩花瓷杯，裡面是精緻的香茶。隨後又是一盒雪茄捧到主人面前。溫五爺取了一支在手，咬去菸頭，那大娘立刻取了火柴盒來擦著火，給主人點煙。

西門太太雖常在溫公館來往，可是很少和他在一處周旋，見他當了太太的面，這樣享受，卻是第一次。這位大娘，皮膚雖不怎樣白嫩，倒也五官端正，立刻生了個念頭，自己對於丈夫就不能這樣的大方。西門德以博士的身分，為了養家，只好去和市儈為伍，那倒是委屈了他了。她只顧暗想，卻忘了理會主人，忽然聽得他叫了聲「西門太太」，坐在對面椅子上看他時，見他左手夾了雪茄，在茶几菸灰碟子裡彈著灰，右手捧了貨單子沉吟的看著，問道：「西門先生把這些東西，都定下了價錢嗎？」西門太太道：「沒有，他也是剛剛看見單子，還沒有一樣一樣的去打聽行市呢。」溫五爺道：「那麼，西門太太拿這單子來，也是打聽行市的了。」她笑道。「我沒有那本領，可以去滿街問行市，我的原意就是託二奶奶轉問五爺，這些東西有人要沒有？不想來得正巧，就遇到了五爺。五爺剛才說是不成問題，說出話去就有人要，我高興的不得了。可是現在看五爺的情形，又像是還有點問題。」溫五爺吸了一日雪茄，噴出一日煙來，笑道：「西門太太知道，我一班朋友們裡面，也有吸收進口貨的。但我自己對這個沒有興趣，我知道有人要，但不曉得人家出什麼價錢。要據西門太太說，只要能賺幾個錢就脫手，這話就好辦，現在作生意的人，都是知己知彼的，豈能不把買貨人的利益打出來？你肯少收利益，他們自然樂於接受。」

西門太太聽了這話，忘其所以的站了起來，兩手抱了拳頭，連作了幾個揖，笑道：「那就極好了，一切拜託五爺。」說到這裡，二奶奶也走過來了。她手裡端了一杯茶，一面走著一面喝，笑問道：「為什麼你先生的事，要你這樣的努力？」西門太太笑答道：「還不是那句話，賣掉這些牽手牽腳的東西，我們好到香港玩玩去呀。」溫五爺微笑著點了點頭，然後向她道：「雖然如此，這事最好能請博士作了數目上的決定。我才好向他方面接洽。其次，這些貨不能恰好有那麼一個人願意完全接受，必得加以挑選。可是為了符合西門太太的要求，我不妨找一個大手筆的人完全承受下來，只是完全承受，人家就把挑選的權利犧牲了。恐怕在價目上要有個折扣……」

西門太太還是站著的，這就繼續抱著拳頭拱了兩下，搶著攔住了道。「拜託拜託。這一切都好說。」溫五爺看到她站著，也不能不站立起來，笑道：「要像西門太太這樣速戰速決的辦法，那只能在利益上看薄一點，反正不會蝕本。不過最好能請西門博士過江的時候和我談談。」西門太太伸手輕輕的拍了兩拍胸脯道：「不要緊，我可以全權辦理，不信請你問一問二奶奶。我這話是可以負責的。」說著，伸手拍了拍二奶奶的肩膀，笑道：「請問你們太太，我的話，我們那位博士，倒是不能怎樣反對。」二奶奶笑道：「是的是的，西門先生乃是標準丈夫，誰都像我這位五爺，遇事都彆扭，為了教他怎樣作標準丈夫，我倒也希望博士能和他談談。」西門太太聽了這話倒不向是玩笑是真話，反正這是作太太的人有面子的事，因笑道：「好的，今天我回去，明天一大早讓他到公館裡來拜訪五爺。」溫五爺道：「我一定在家裡候教，倒不一定要一大早，九十點鐘也可以，我會吩咐廚房裡作幾樣可口的菜，請西門先生來吃頓便飯。」西門太太道：「不必客氣，還是讓他一大早來。」說著，偏頭想了一想，接著道：「再不就讓他今天晚上來吧，我馬上就去。五爺今天晚上在家嗎？」

二奶奶笑道：「假使博士今天晚上能來的話，我為著讓他受點良好的教訓，一定教他在家裡等著。」溫五爺也在這時感到了高興，向二奶奶鞠了半個躬，深深的說了個「是」字。西門太太道：「好的，就是這樣辦，回去我通知他，讓他今晚七點鐘來。」她說著，把放在飯廳裡的大衣穿起，手裡夾著皮包，就有個要走的樣子。

二奶奶笑道：「也不忙在這一會子，老遠的跑了來，你也應當休息休息。要不，下午我們去看場電影，你再回家，還是請你兩口子，明天到我這裡來吃午飯吧。」西門太太道：「看電影改為明天吧。」說著，她已向外走去。剛剛跨過失客廳的走廊，又轉身向裡走，笑道：「我還得問五爺一句話。」二奶奶笑道：「你放心，我保證他會幫你一個忙的。」西門太太並不理會這個保證，直走到小客廳裡來，見五爺正向內室方面走，便笑道：「對不起，我還要問一句話。」溫五爺覓她急步的走回來，倒有點愕然，望著她等她問話。她笑道：「五爺，你能再幫一點忙，可以請買主給我們在香港劃款嗎？若能夠讓我們在香港拿錢，我們在價錢上可以再讓步一點。」

溫五爺根本就沒有聽到她初次讓步是個什麼數目字，覺得她這個說法有點平空而來。更也沒想到她急於回來問的是這樣一句話，笑道：「那也許可以辦到，但我沒有把握。」西門太太凝神了一會，懸起一隻右腳將皮鞋尖在地板上點動了一陣，隨後笑道：「只要五爺說出『也許』兩個字，那就是有辦法的，好好好，我去把話告訴老德，他一定會來的。」說著話，人已走了出去。

主人夫婦全在後面送她，她都沒有加以理會，她的心已完全放在見到博士的面，如何把這個訊息告訴他。連坐車坐轎過輪渡，不到一小時她把這旅程搶著過去了趕到家裡，在樓下就笑嘻嘻的叫了一聲「老德」。「老德」這個稱呼，向來是她對博士一種欣喜的稱謂。她今天在溫公館看到五爺的享受，對於博士之未能享受，引起一種同情心，而且要博士依了自己的主張速戰速決，也覺得非給他些好感不可。所以她這樣的喊著欣喜之詞，打算一直的把所見所聞告訴他，更給予他一些溫暖。料著博士聽到這一聲「老德」，一定是會迎到樓梯口上來的。然而不然，喊出去之後，一點反響沒有。她心想博士一定因為自己早晨當亞杰的面發脾氣，使他太難堪了，所以任她怎樣喊叫，也不理她。這是自己過分了，也許他還生著氣呢。便笑著走上樓來，在樓廊上笑道：「老德，你別誤會，我出去沒有打你的招呼，那是像亞杰一樣，不聲不響的給你辦好一件事，讓你驚異一下子。你猜怎麼著，這件事……」她說著話，先走進半充客室、半充書房的屋子，沒有人，便向外高叫著劉嫂。女傭人進來了，西門太太問道：「先生不在家嗎？房門都沒有鎖，怎麼回事？」劉嫂道：「先生和區先生說話，說了很久，大根是到河邊去了。他沒有吩咐我鎖門。」西門太太道：「去了好久呢？」劉嫂道：「不到一點鐘。」她一想，大概是上江邊去了，要不然，他也不會不鎖門，於是斟了一杯茶坐在書房裡等著。

可是由二十分鐘到三十分鐘，由一小時到兩小時，看著天色快黑了，而西門博士還不曾回來。她時而在屋子裡坐著發悶，時而站在樓廊上靠了欄杆眺望，可是博士始終沒有訊息。她口裡不住的罵著，「豈有此理！」她心想原約著溫五爺，今晚七時會面，耽誤到現在，這個約會是不能實行了。她急了一下午，不免影響到她的胃神經，因之她晚飯也不曾吃，就上床睡覺去了。朦朧中倒是聽到隔壁屋子有博士說話的聲音，一個翻身爬了起來，將長衣披在身上，扶了房門就衝將出來。博士看了她披了頭髮，滿臉凶氣，不由得嚇了一跳。還不曾開口呢，她就瞪了跟道：「你是無處不和我搗亂，這樣的日子，叫人活不下去了，我們只有拆開各幹備的！」博士望了她道：「什麼事你又大發神經？」她將手一拍桌子，咯的一響，把桌上的茶壺茶杯都震動了，喝道：「你才大發神經呢！房門也不鎖就走了，讓我等你這一下午。」博士道：「就是為這個事嗎？劉嫂是我們所信任的，有時候不都是教她給鎖門嗎？」她一直衝到博士面前來，挺了胸道：「我不為的是這個。我為著替你們銷貨，特意跑過江去，把主顧都接洽好了，約了今天晚上七點鐘作最後決定。你看，這時候才回來，把很好的一件事吹了，真是可惜。」說著，把腳連連的在樓板上頓了兩下。

博士雖看到她這樣著急，可是對她所說的還是莫名其妙，因道：「你沒頭沒腦的生我的氣，我始終是不知道原由何在，你別忙，穿好了衣服，慢慢的告訴我。天氣涼，別凍著，若是生了病，那會耽誤到香港去的行程的。」這兩句話倒是她聽得進的，就扣起衣服，再加上一件大衣，坐在書房裡，把和溫五爺所說的話告訴了博士。他笑道：「原來如此。就是我們明天早上去，也不算晚呀。這又不是坐公共汽車，搶著買前面幾張票。」她道：「難道我這麼大人說話不算話嗎？約好了今天七點鐘……」博士想到和她辯論，是毫無用處的，便陪著笑臉道：「我已經誤了你的約會，就是你發我一陣子氣，那也無補於事，明天早上我陪你去特訪溫先生就是。再就生意經說，我們今天不去也好，免得他揣測我們除了他就沒有法子銷貨。」西門太太道：「你這才是胡說呢！人家為了我去相求，無條件幫忙。他要經營的是幾千萬幾萬萬的大買賣，你這點東西，他根本不看在眼裡。你還以為他要貪你的便宜呢。」博士實在也想得著一點休息，就忍受了她幾句罵，沒有多說。而太太還是顧慮到今天失了約，怕明天早上過江，溫先生不會等候，一宿都不曾安心。

到了次日七點多鐘，就催著博士起來，他雖明知是太早，料到一推諉，就要引起夫人的不快。終於在九點鐘就到了溫公館。西門太太向傭人一打聽，五爺還不曾出門，心裡才放下了一塊石頭。由於她之內外奔走，引著博士在小客廳裡和溫五爺想見，大家謙虛了幾句。主人說佩服客人的學問，客人又多謝太太常在此打攪。隨後又談點時局情形。西門太太坐在一邊旁聽，倒忍不住了，便插嘴道：「五爺，關於昨日所說那批貨的事，我們在家裡商量過了，為了免除麻煩，若有人承受，我們一齊賣了它。」五爺便向博士笑道：「環境逼得你們讀書種子，也不能不講生意經，這實在是可嘆息的事。自然，你們書生就不願意像市儈一樣顛斤播兩，兄弟也曾代闖過幾個朋友，大概沒有什麼問題。只要博士給我一個概括的數目字，我就可以在最短期內答覆。」西門太太不等丈夫開口，她又在旁邊插了一句，「極好了。」博士笑道：「那一切有勞溫先生幫忙。不過有一句話要宣告的，那單子是朋友開給我看的，把車子也開在裡面。這車子是替一家機關代辦的，車子不在其內。」溫五爺聽了這話，臉上表示了失望，輕輕地「哦」了一聲。西門太太道：「這裡面我們自己有三輛車子，可以賣的。」

溫五爺聽她說著，倒覺得這位太太是過分的將就，成了北方巴結人的話「要星星不敢給月亮」。一個賣主這樣的將就主顧，作主顧的再要挑剔，那便有點過分苛求，便笑向西門德道：「我雖是個中間人，但是必須問得清清楚楚的，方好和對方接洽，當然一般上飯館子裡吃飯的人，不能把人家筷子碗都買了去。」西門德笑了一笑，還沒有開口，他太太又搶著接嘴道：「我們等於一家飯館子出倒，不但是筷子碗，連鍋竈我們都是願意倒出去的。」五爺覺得她的發急，真有些情見乎詞，也就隨著哈哈大笑。

所幸這個時候，二奶奶也漱洗化妝已畢，出來見客，大家周旋一陣，把這話暫時擱置了。要不然，博士坐在這裡，真有點啼笑皆非，不知道怎樣措詞才好。大家繼續商談，結果溫五爺就約著西門夫婦當天晚餐，就在那個時候先作一個答覆。西門德無所謂，他太太卻十分的滿意。臨別的時候，還向主人再作一個讓步的伏筆，她道：「只要是五爺和我們計劃的，一切都好商量。」主人把話放在心裡，臉上也就只是表示一點笑容。

他們約的是六點半鐘晚餐，溫五爺到六點鐘才回家，來到了內室，見到太太，先問請客的菜都預備好了沒有。二奶奶道：「這個不用你煩心，不過你答應西門夫婦，今天給人家一個答覆，我倒疑心你未必就找著那一個適當的主顧。」溫五爺見屋子裡並沒有第三個人，低聲笑道：「我哪裡就那樣下三濫，給他夫妻去當跑街。」二奶奶原是坐著的，這就站了起來，望著他的臉，「呀」了一聲道：「你可別開玩笑，那西門太太真是求佛求一尊，你若是完全把她所託的事打消，她大大的失望之下，會急出病來的。她雖然有點神經，倒是一個心直口快的人，平常和我跑腿很多，可不能鬧著玩，我不願對不超人家。」五爺笑道：「你放心，我不能開罪你的好朋友。我已經給她找著主顧了。她倒店就有人頂她這個店開，那還不行嗎？」二奶奶道：「據你說，你又沒有和他們去兜攬，那承受的是誰呢？」五爺笑道：「不用得兜攬，現成的一個坐莊客人收下。此人非他，就是區區。」他說著，帶右手食指指了自己的鼻子尖。二奶奶笑道：「怪不得了，我看你見了她那貨單子，見神見鬼的做出各種表情。」五爺笑道：「我本來不一定要買她的，我看這位太太要急於跑香港，恨不得把這些貨一腳踢出去。我若不要，也不過好了別人發一筆小財。肥水不落外人田，我就收下來吧。反正天公道地，我也讓她弄幾文。話放在你心裡，回頭見機行事吧。」二奶奶知道他絕不會吃虧，自也不必多問了。

到了六點半鐘，西門德夫婦按著時間雙雙的到了。溫氏夫婦在客廳裡見到，先是滿面笑容，這第一個印象給西門太太就很好。她今天也是特別的親熱，走向前雙手握了二奶奶的手，連連的搖撼了幾下，笑道：「一直打攪著，今天又要特別打攪了。」二奶奶知道她是個急性的人，不等她開口便笑道：「我們總算不負朋友所託，一切都接洽好了，款子由我們負責。你在重慶要也好，你在香港要也好，隨時可以支用。」西門太太聽了這話，向博士笑道：「那太好了，真應當謝謝溫五爺。不說別的，這省掉我們多少事呢。」西門德聽說這事如此容易解決，也有點詫異。在溫先生還沒有宣布價錢多少，先就向人家道謝，似乎也欠著考慮。可是太太已經這樣說了，又不便置之不理，便握著溫五爺的手道：「一切都煩神了。」

大家坐下來，主人夫婦感到發了一筆小財喜，自是高興。西門太太速戰速決的計劃成功了，也是滿身輕鬆。博士雖不見得有別人那般高興，可是也沒有什麼相反的情緒。因之，大家談得很融洽。到了向飯廳吃飯的時候，一切飲食品都是特殊而珍貴的，博士也就感到主人這番招待，絕非出於敷衍。關於貨物所談的價錢，連考慮的態度，也不使發表出來，因為凡是主人所說的話，西門太太是滿口子的說好，實在不容許他另外還說什麼話。飯後，溫五爺特別客氣，把自己的座車將二人送到江邊。

西門夫婦回到家裡，博士如釋重負，以為可不受太太的逼迫了。可是太太又提出第二個問題出來了，她說現在貨脫了手了，還有兩件事你得趕快去辦，第一件事把車子交給虞先生，不要放久了，車子出什麼毛病，會脫不了手。第二件事，應當去見陸先生，把飛機票子把握到手。西門德大為後悔，大不該告訴太太有這個到香港去的機會，被她逼得坐立不安。事已至此，爭執也是徒勞唇舌，只有把她送到香港去了再說。因之他沒有駁回太太的話，次日一早就過江向虞先生辦公處打聽，恰好是虞先生下鄉探望老太爺去了，他想著這筆買賣，是老太爺介紹的買賣成功了，下鄉去看看老太爺，就說現在算是這趟路沒有白跑，可以提幾萬元作為工讀學校資金。當然數目太少，還要跑兩三趟，這樣作法，雖不十分周到，頗也能自圓其說。順便將車輛的事接洽一下，倒也一功兩德。他出了那辦公處，看著表還只十點鐘，趕上午的班車，還來得及，於是就直奔汽車站。

到了下午四點鐘，博士回家向太太報告一切進行順利，收拾行李，準備上香港吧。西門太太所盼望著到世外桃源的機會，終於來到，也是喜歡得樂不可支。不過到了第二天，卻有點小小的掃興事情發生。

探險去

到了次日下午，卻是亞英亞杰兄弟兩個雙雙的來到。西門太太一見就笑道：「我有好訊息告訴你們，連車子帶貨都有人接受了。現在我們就是等飛機票了。亞杰呢，這樣辛苦一趟，我們自然會酬報你。你那個朱小姐到處打聽著你，你們見了面沒有？現在你發了財，可以訂婚了。亞英呢，假如高興的話，那陸先生辦的貨，就請你到廣州灣去接運進來。如果我們在香港碰到了青萍，一定想法給你拉攏。」亞英聽了微笑道：「師母，你不要太樂觀了。昨天我聽到一個可靠方面的訊息，說是日本人就要在太平洋動手。香港那彈丸之地，兵力又少，日本人不費吹灰之力，就可以把香港撈了去。現在香港去不得吧？」西門太太突然聽了這話，倒是呆住了。望了他道：「你說的不是謠言？」西門德在隔壁屋子裡迎了出來問道：「你說的這可靠方面，是哪一方面？」亞英道：「自然是外交方面。最近兩天，有人由太平洋上來，他們都說香港絕不是什麼世外桃源。沒有要緊的事，最好不要去。現在香港的美國人紛紛的去馬尼拉，英國人自己也向新加坡疏散，無論怎麼樣，他們感覺總要比我們銳敏些。」

西門德燃了一支雪茄坐在沙發上，也現出了猶豫的樣子道：「本來呢，這種趨勢誰都知道的，並不是什麼祕密。」西門太太道：「你又動搖了，香港危險！香港危險！這話差不多說了一年，到現在又沒個半點風吹草動，這叫庸人自擾。人家陸先生，比你們得來的馬路訊息，總要靈通得多，果然香港有問題，他也不會贊成我們到香港去。我們與他無冤無仇，他會害我們，讓我們到炮火堆裡去嗎？昨天下午，老德到他那裡去，他還催著我們快些動身呢。」西門德聽了她這話，也是理由充足，便道：「陸先生雖是沒有催我快走，但是昨日見面，他的確沒有提到香港危險。我既要去，如果真有危險，他不能不說。」亞英道：「告訴我這訊息的人，他的確有點把握的。他說可能在十天半月之內，日本就要和英美宣戰。他還說，我們的金融機關和政治人物，已在開始撤退，最大的證據，就是進來的飛機票子，在香港已經難買到手了。」

西門德靜靜的吸著雪茄，腦筋裡在盤算著對於國際問題的估價。他太太卻最不愛聽這一路訊息，便道：「香港的中國人不去說他，英國人大概還論千論萬，人家不是身家性命嗎？」亞英笑道：「師母，你不要誤會，我不但不攔阻你去香港，就是我自己也想去。不過有了這個新訊息，也值得我們考慮考慮。」她道：「什麼新訊息，簡直是舊聞。溫二奶奶就說，讓香港這些謠言把她嚇著回來了。丟了許多事情在香港，沒有解決。回來了這樣久一點事情沒有，後悔的不得了。」

亞英簡直不敢再說什麼話了，自己只提出一點空洞的訊息，西門太太就拿出許多真憑實據的事情來駁得體無完膚。博士自也不願掃自己的興，腦筋裡儘管轉念頭，口裡也就不說出來。倒是亞杰坐在旁邊總不作聲，只是微笑。西門太太就問道：「亞杰怎麼不說話？你難道還另有什麼主意？」亞杰笑道：「我的見解，有點不同，若是作生意圖利，那就根本談不到什麼危險不危險。若是住家，謠言多的地方，就是沒有什麼危險，也犯不上去。」西門太太道：「你這見解，我不大讚同。作生意和住家有什麼分別？作生意的人難道就生命保了險，住家就不保險嗎？」

亞杰本想把住家和作生意的意味，分別解釋一下。可是她對於在眼前三個人的談話，完全不能滿意，她不願繼續聽，一扭身子走進去了。好在區氏兄弟算是晚輩，而又深知西門太太為人，都也不去理會他。博士笑道：「你看她這脾氣，要是別人，真讓人家面子上下不來。其實你兩位不都是好意嗎？」亞英笑道：「我其實也有點過慮，去香港的飛機，哪一次也沒有空下一個座位，這就是個老大的明證。」西門德笑道；「這樣說，你是要去香港的了。你不會因有這些謠言，心裡有點搖動嗎？」亞英笑道：「就是有這些謠言，那也不去管他了。戰時前方去跑封鎖線有人，平時到北極去探險的也有人，我們到香港去只當探險去就是了。」亞杰笑道：「這樣說，我就沒有話說了。只是憑著哪一股子興趣，平白的要到香港去探險呢？」

亞英微笑著，還沒有答話，西門太太又帶了很高興的笑容走出來，點著頭道：「你問他，憑著什麼興趣嗎？這個興趣可就大了。」說著，她眉飛色舞的指了他道：「你讓他自己憑心說一句，他到香港去究竟為的是什麼？」亞英笑道：「這也沒有什麼祕密，我可以坦白的說出來，無非是為了黃青萍。不過她由重慶飛出去，是到昆明去的。到昆明去之後，還是到仰光去了，還是到香港去了，我也不能知道。就是她到香港去了，碰見了她，她認我不認我，那還是問題。原來在重慶，天天見面，她還可以離開我跑了，如今分開了一次，重新見面，各人心裡有著這麼一層隔膜，是不是能成為一個朋友，也還是問題。」

西門太太現在已把剛才那點脾氣完全消逝盡了，推著博士一下，讓他閃開，挨著他坐了下去，拍著他的肩膀向亞英笑道：「你怕什麼，你兩口子訂婚是我兩口子的見證人。你們在香港，我們也在香港，縱然香港是香港的法律，可是有我們出來證明，大概她也不能把婚約賴個乾淨吧。」亞英笑道：「若是照這樣子說，行啦。」西門德哈哈笑道：「若是照你這種看法，你分明是在作重新合作的準備，那還有什麼話說呢。你不用到廣州灣，直接的到了香港再說吧。」西門太太笑道：「若是真到了香港，你會見到青萍的。你想她是個好熱鬧的人，她若耽擱在仰光，不會有多少朋友，住不久的。香港是她必遊之地，那裡交通便利，她為什麼不去？此外是仰光太熱，香港氣候溫和……。」她誇獎香港的好處，彷彿自己就到了香港，說得眉飛色舞。大家看了她這種樣子，對於到香港去，也就不會再有什麼疑問了。

亞杰卻向亞英道：「看你這趨勢，是要到香港去定了。這件事倒不是小行動，你應當回家去和父親母親商量一下。」西門太太笑道：「商量一下很好。亞杰這幾趟遠端車子跑著，不但個人經濟問題解決了。就是家庭經濟也大大的有了轉機，你們用不著那樣苦幹了，你也何妨到香港去一趟呢？弟兄們合作，再開闢一番世界。香港有了基礎，把老太爺老太太也接到香港去，乾脆就在香港安下家來，一勞永逸的，等戰事結束了，我們坐船到上海，由上海回家，那真是理想中最迅速最安全的辦法。」她這個最理想的辦法，實在不能不讓她隨著高興，於是笑嘻嘻的就拍起手來。博士笑道：「你也不要說得太圓滿了。難道在中國抗戰期中，香港始終是這麼一座世外桃源，到了抗戰結束，這座世外桃源還完整無缺？預備著海輪郵船，讓我們大搖大擺衣錦還鄉？」西門太太瞪了他一眼道：「老德，你總是這樣，在人家最高興的時候，你就要掃人家的興致。試問只要日本人不敢和英國宣戰，有什麼理由說這一座世外桃源，不能維持到抗戰結束。二先生，三先生，你二位評評我這個說法，理由充分不充分？」博士笑道：「你的話若是有錯，我的一切計劃，也不會完全照你言語行事了。」

她先是瞪了一下眼，然後淡淡的笑道：「你不用和我嘀咕，將來事後自知。等你將來過著舒服的日子，我再堵你的嘴。」說著，望了區氏兄弟笑道：「我就是喜歡個熱鬧，在這一點上不知道受了他多少氣。其實人生在世，總要有點嗜好，這人生才有趣味。若是都像老德一樣，以前是放下書本就寫講義，這兩年放下書本子，就是擬計劃書，審核帳目，拉了他去看場電影，就等於拉上醫院，你說這人生有什麼意思？簡直是牛馬。」西門德笑道：「太太，你說的話也不盡然吧。我雄心勃勃，還打算成個探險家呢。」她道：「你不用廢話，到香港去我保你的險。」說著，她很勇敢的將手輕輕的拍了一下胸口。亞杰望了她笑道：「師母，這個兵險可不大好保，除非你在香港，有一架最新式不用飛機場的飛機。不然的話，誰也不敢到貴公司去保險。」

她聽了這話，臉上有點紅紅的，眼皮也隨著垂下來。博士深怕她說出更重的言語，接著笑道：「此話大為不然，我和亞英都願到她貴公司去保險。根據這幾年來的經驗，該公司實在是信用卓著。」說完，故意哈哈一笑。把這事牽扯過去，然後又很客氣的敦請太太下樓，監督著招待客人的午飯。區家兄弟就也不再研究到香港去的事了。

午飯後，亞英兄弟約著博士後日下午在城內見面，並託著他多弄一張飛機票子。博士答應了試試看。萬一不成，出大價錢買一張，絕沒有問題的。亞英、亞杰自是歡喜。當午回到重慶。亞英亞杰約了亞雄一同吃午飯。當下三位兄弟仔細算了一算，坐飛機到香港的川資，勉強湊算夠了。但回來的川資，就要派到西門德私人承擔，到海外旅行一趟，依然兩手空空，也虛此一行吧？最好找個有錢的主兒讓他先付幾個錢，作一項生意，將來貨物到了重慶，或者四六拆帳，或者五五拆帳，都好商量。亞雄笑著說：「這樣的主兒，哪裡去尋找呢？若是有，我還願意去跑一趟呢。」亞英將面前桌子一拍，笑道：「有了。前一個月吧，重慶有一位大商家，打算邀我合作，還拿了名片，介紹我和他開的藥房的經理會了面，我和他談得很對勁，他掀開玻璃櫥，伸手指給我看，那些盒子，都是名貴西藥，他說，這是重慶別家所沒有的。我對他的話，也沒有怎樣加以注意，就在這個時候，來了個白髮蒼蒼的老者，指明要買白喉針藥。他們藥房人見老者手上帶有藥單子，所開的價錢太少，就回他一個沒有。任憑老者怎麼衷懇也不行，是我路見不平，跑回旅館，送了老者一盒白喉針藥。所以這位大商家先生對我印象很深，不妨費兩小時跑一回試試看。」

亞雄對於這樣一位先生，雖沒有什麼好感，但跑著試試究竟無妨，於是三人同意，讓亞英去跑上一次。會過飯帳，亞英一人上胡家來。到了胡公館門口，裝出很隨便的樣子，走到傳達室門口向那傳達看了一眼，微笑道：「我來了好幾次，你都不在這裡。你大概不認得我。」他說話時，手還插在大衣袋裡的，這就抽出手來順手遞了一張名片給他道。「請對胡經理說，我是特意來辭行的。」傳達拿了名片進去回話。胡先生雖不大記得亞英的名字，可是腦筋裡有一個姓區的青年，白手幹起一番事業的故事，沒有忘記，便點了頭道：「請進來吧。」兩分鐘後，亞英進來了。胡先生起了一起身，指著旁邊的椅子道：「請坐請坐，就在這裡談談吧。聽說你又要離開重慶，這回不會是空著兩手創造世界吧？」

亞英欠了一欠身子，然後坐下笑道：「胡先生太看得起作晚輩的了。年紀輕的人，少不更事，不過是隨處冒險。這次出門自己覺得沒有多大的把握，一來是向胡先生辭行，二來是請胡先生指教。」他說著，又起了起身子，點著頭作個行禮的樣子。胡天民笑道：「客氣客氣，不過像區先生這樣有魄力的青年，我是非常贊同的。我馬齒加長，也就倚老賣老，樂於和你討論討論的。我原來是很想借重台端的，現在當然談不到了，不知道你有什麼新計劃。」亞英道：「談不上計劃，不過是一點幻想。我是個學醫藥的人，覺得大後方西藥這樣缺乏，我們自然希望有大批的藥到後方來，行醫的人才感到方便，不然有醫無藥，醫生的本領雖大，也不能施展。能運一點藥品進來，既可以賺錢，而且還有救人的意味。現在社會上都不免怪商人圖利，發國難財，其實那應當看是什麼事。假如運藥品，那是救人的事，雖然賺幾個錢，不但與人無損，而且與人有益。這種商業，似乎可以經營，請示胡先生這路線沒有錯嗎？」

胡天民聽了竟是十分高興，將手一拍坐的沙發扶手道：「你這看法正確之至。我手裡經營的事業，大概都是這樣的。所以近年來，雖有點收益，儘管天天在報上看到攻擊發國難財的，但是我心裡卻是坦然。就說西藥吧，那些說風涼話的人，只知道說西藥業發了國難財，他就不想想，假如沒有這些人千辛萬苦，把藥品運了進來，大後方早就沒有一家藥房存在了，那也不知道要糟踏多少人命。也有人說西藥比戰前貴得太多了，其實藥無論怎樣貴，也不能比性命更值錢。有人要販運著救命的東西進來，你還要人家賠本賠心血賣給病家，人心真不知足。老實說，不問我是不是經營西藥，百物高漲，藥品就更應當漲價，社會上有許多人攻擊西藥商，完全是自私。」他把話說得很興奮，臉色都有點紅紅的。

亞英心裡頭有一個窮人吃不起藥的問題，可是他絕不敢提出來，便隨著笑道：「既是胡先生認為這是可辦的，我想那就毫無問題的了。很願進一步的請教，以現在的情勢而論，應當向內地供應一些什麼藥品？」胡經理笑道：「只要你買得進來，什麼藥品，都是好的。不過我們有個大前提，還沒有談到，我還不知道你是要到什麼地方去？」亞英發覺究竟是自己大意了，便欠著身子笑道：「這是晚輩荒唐，還沒有告訴胡先生到哪裡去。現在一批熟人到香港去的，約我同走。回來的時候，卻是坐船到廣州灣，有幾輛車子要由我押解了回來。趁著這點便利，打算帶一點貨進口。」胡天民笑道：「這是最理想的旅程，可是你沒有考慮到香港的安全向題嗎？」亞英道：「這一層我想用不著考慮。因為現在經商的人，依然不斷的向香港走。那就證明了經商是和時局變化無關的。退一步說，就算香港有問題，也不能是那樣碰巧，恰好就是我在香港的那幾天，有不好的訊息。何況我們果然要作一點出奇致勝的事，也就不怕冒險。我覺得帶點探險精神到香港去一趟，倒也是相當有趣的事。」

胡天民口銜了雪茄，斜偏了頭聽他說話，聽完了，又用手一拍沙發道：「老弟台，對的。你果然是個能作事的青年，怪不得你上次有那些成就！你什麼時候走？」亞英聽了他這一問，便立刻覺得自己這次來得不錯，居然幾句合乎他口胃的話，就把他引上了鉤，因道：「至多不出一星期。若是胡先生有什麼事要晚輩盡力的話，儘管指示，當再來請教一次。」胡先生約莫沉思了兩三分鐘，然後噴了一口菸笑道：「上次我就想借重你的，我是很願意和這種有勇氣的青年合作。現在你說要離開重慶，我原來的計劃自然要取消，不過也許我有點小事託你。」

亞英聽他的話，就想了個透，他會有什麼重要的事，要託一個沒有多大交情的青年？經香港這條路的人，無非是託人帶貨。略帶一點，不合胡天民的口胃；多帶呢，錢多了他又不放心。他說這話，莫非是探聽自己和什麼人同行？便笑道：「我作晚輩的很願意和胡先生效勞。好在這次出門，有西門博士同路，有不到之處都可以請他指點。」胡天民恍然大悟，問道：「哦！你是和西門德合夥，此公大有辦法。現在不是受陸神洲之託，到香港收買西書嗎？」亞英道：「正是這樣，在別的事情上，他就有些照顧不來。關於辦貨運貨，就交給了我。而且他回來的日子，還不能預定。我到香港以後，有個十天八天，把事情都辦完了就先回來。」

胡天民聽了他這番報告，就把心裡所認為應該考慮的，自然而然的解釋過來了。但是也不便立刻轉彎，只道：「這樣吧，區兄若有工夫的話，請你明天再來一趟。我倒不妨明白相告，我也想託區兄和我帶些西藥回來。只是頃刻之間，能呼叫到多少外匯，我並沒有把握，所以還要你再跑一趟路。老弟台，我知道你是個能幹人，一定可以辦得很圓滿將來合作的機會還很多，這不過是小小的一個開端罷了。」亞英欠了一欠身子道：「一切願聽胡先生指揮。不過關於銀錢方面，青年人信用是要緊的，我打算請西門先生出來擔保。他是晚生的老師。」胡天民哈哈笑道：「你辦事果然精細，可是我對你的觀察，卻也用不到辦如此手續。」亞英又正色道：「胡先生越看得起我，越當弄清手續。我有個舍弟，現時在安華五金行幫忙，賓東卻也相得。胡先生若是有銀錢交來代辦什麼，也可以請安華出來擔保。」胡先生又吸了兩口菸，笑道：「老弟台，你的話的確是面面俱到。不過我對於你的那份信任心，你卻沒有知道。我現在雖是個四不像的金融家和企業家，可是愛才若渴這一點，我倒有點政治家的作風。我雖夠不上大手筆，幾百萬的款子在今日我還可以自由調動。」他說到這裡，又想起先說的「能調多少外匯」一句話來，覺得有點兒前後矛盾，便又哈哈一笑道：「你覺得我語言狂妄嗎？」

亞英連說「不敢」。可是他心裡已有一個數目，知道胡天民要託做生意，還不會是很少的款子，因站起身來道：「胡先生公事忙，我也不敢多打攪，今天大概要下鄉去和家父母告辭，後天再出來，胡先生有什麼指示，請打電話到安華五金行，通知舍弟區亞杰。他無論在不在家，那裡總有人可以把話傳給我的。」胡天民一味的不要保證，亞英就一味的向他提保證，他很滿意這一個作風。起身送客到樓梯日，還握了握手。

亞英很高興的走出胡公館，會著了亞杰，把經過對他說了，掏出錶來看，竟還沒有超過兩小時。亞杰笑道：「事情自然算是成功了一半，只是錢還沒有拿到手，總還不能過分的樂觀。」亞英道：「我不會樂觀的，回家裡我提也不提。黃青萍害苦了我，我在家裡算是信用盡失，再也不能開空頭支票了。」兄弟二人商量著，在街上買了些家庭食用東西，提了三個大旅行袋，趕著晚班車到家。

老太爺現在雖已經沒有生活的壓迫，但他還是照著平常的水準過下去。上午在家裡看書，下午帶幾個零錢，拿著手杖就到鄉鎮街上去坐小茶館。那一碗沱茶，一張布吊椅，雖沒有樂觀可言，可是除了虞老先生外，他又認識幾個年老的閒人。有的是掛名的高階委員，有的是闊人的長親，都是嗜好不深，而又無事可作的人。這些人成了朋友，各又不願到人家去相訪，每日到茶館裡坐上一次，大家碰了頭，由回憶南京北平青島的舒適生活，說到人心不古，更由人心不古，談些線裝書，可談的問題倒也層出不窮，使他們樂而忘倦，這日也是坐得茶館裡已經點燈，方才拿了手杖走了出來。半路上遇到亞男，她老遠站住便道：「爸爸，你怎麼這時候才回來？」她是老先生的最小偏憐之女，老先生笑著道：「我今天也不比哪一天回來得晚一點，為什麼先就發急？」亞男道：「二哥三哥都回來了，有緊要的大事。二哥他有一個新奇的舉動要實行，回來向你請示，其實請示也不過是手續，他是決定了要走的。你若是能夠攔阻他的話，還是攔阻他一下吧。」說著話，她引著父親往家裡走。區老太爺道：「你這話前後顛倒，他要到哪裡去？」亞男道：「他要去探險。」老太爺一聽說亞英要去探險，這卻是個新聞，便冷笑道：「這孩子簡直有點神經病，無論他那點皮毛學問，不夠作一個探險家，就算他那學問夠了，現在抗戰到了緊要關頭，交通困難到極點，哪是個探險的時候？」亞男笑著，並沒有作聲。

老先生到了家裡，見兩個兒子齊齊的站起相迎。亞英臉色很自然，並不帶一點什麼興奮的樣子。看看亞杰呢，卻也笑嘻嘻地站在一邊。老先生便問道：「你們有很要緊的事要和我商量嗎？」亞英道：「也沒有什麼要緊的事，回頭慢慢的向你老人家請示。」這樣老太爺就有點疑惑，回頭望了他的女兒。亞男笑道：「是的，我給爸爸報告沒有錯，他實在是要去探險。」老太爺放下了手杖，在籐椅子上架腿坐下，點了一支土雪茄吸著，便道：「你們都是足以自立的人，而且混得都比我好，都能在抗戰的大後方，抓著大把的錢，我還有什麼話說？」亞英兄弟坐在一邊，對看了一眼，覺得父親所要說的又是痛罵發國難財的人，這和兩個人的行為，就是一個當頭棒。兩個人默然著沒有作聲。

老太爺吸了一日煙道：「我們這一代是最不幸的，對父母，是百分之百的在封建制度下作兒子。可是到了自己作老子呢，就越來越民主。我倒不是說我作過封建制度的兒子，現在要作個封建制度的老子，在你們頭上來報復一下。但有一點和我父親對我相同，總是望你們一切都做得好。所以不問你們把什麼和我商量，我一定很客觀的讓你們隨著正路走。據說亞英要去探險，這確是新聞，探險是科學家的事，應當是限於航海家，地理學家，天文學家，生物學家，你對這些科學，是擅長哪一門呢？一門也不擅長。在探險的時候，又能得著什麼？」他這樣說著，是徹底的誤會了，亞英兄妹全是嘻嘻的笑著。老太爺看到他們的笑容不同，便道：「怎麼回事！我的話錯了嗎？」亞英道：「這一定是亞男說俏皮話，爸爸當了真了。」亞男道：「怎麼是俏皮話呢？不是你自己說的這是去探險嗎？」亞英只得陪笑向父親道：「亞男的話，乃是斷章取義。」當下就把自己和西門德商量著要到香港去的話，說了一遍。老太爺聽了一番敘述，點了一下頭道：「好在你有自知之明，這是去探險。既是去探險，如何進行，如何避免危險，你應該自己有個打算了。」說著，掉過臉來向亞杰問道：「你也有什麼事，特地回來商量的嗎？」亞杰卻不料父親話鋒一轉，就轉到自己身上，因陪著笑又起了一起身子，答道：「我沒有什麼事，不過陪著二哥回來看看。這次帶一萬元回來。西門博士把貨賣了錢，還沒分，下次再預備一點。我想家用一層，應該不再讓父親操心了。亞男呢，長此失學不是辦法，若是能在重慶找著大學更好，不然的話，多花幾個錢，讓她到成都去念書吧。」區老先生笑道。「你這簡直是拿大老闆的身分說話了。考不上大學就拿錢來拚。這樣，不但我不贊成，也與亞男個性不合。我不願她作個摩登小姐。」說著，他對眼前的兒女，都看了一眼。兄妹三人就都默然。老太爺道：「既然開啟了我的話匣子，你們不說，我還要說。你們何足怪，連西門德博士都成了唯利是圖的現實主義者了。你們願意跑國際路線，就跑國際路線吧。但家用一層，你們倒不必為我擔心。我絕不是那種養兒防老，積穀防饑的糊塗蟲。我們這種年紀的過渡人物，儘管作兒子時候，是十分封建的，但到了作老子，絕對民主。我不是那話，堂前椅子輪輪轉，媳婦也有作婆時，把老子管我的一套，再來管你們。你們一切可以自由，什麼都可以自由。」他說著，語氣十分的沉重，家人聽了面面栩覷，作聲不得。

老太爺笑了笑，吸了兩口菸，又望了望他們道：「現在我沒想到成了個廢物了。吃完了飯，坐坐茶館，下下圍棋，談談古今上下，這樣，不由你們不擔心家用。走到人前，人家客客氣氣叫我一聲『老太爺』，在別人以為是幸福。在我呢，卻是不然，我決定下個學期，再去教幾點鐘書。你們不必以家中費用為慮。『老太爺』這個名稱，也許現在還有人引以為榮，但是在我聽來，乃是可恥的稱呼。」他說完了，態度有點激昂，用力的吸了兩口雪茄。

亞英知道父親這話是為自己而起，不能不搭腔了，因道：「爸爸這種看法，自是十分正確的。但是大學裡的專任教授，那是不容易當到的，教幾點鐘散課，所得又太微薄了。若到高中去當一個專任教員，或者並不怎樣難，可是薪水米貼全部在內，拿回家來，依然維持不了家裡的清苦生活。過去的經驗是可以證明的。」老先生向他擺了擺手道。「你說這話，絲毫沒有搔著癢處。我並不那樣過分的做作，說是你們給我錢，我都不要。但我絕不能行所無事，在家中坐吃。我頂著一顆人頭，至少要像任何動物一樣，自己賺，自己吃，這樣我吃肉，心裡坦然。吃泡菜開水泡飯，心裡也坦然。你們送來家用固然是好，不送也沒關係。再說，教書是我人生觀的趣味中心，我也以此為樂。

自然，自己的兒女，都教育不好，怎能去教人家子弟？但這是技術問題，至於我這顆良心，倒是不壞的。」他把半截雪茄舉在手上，只管滔滔的向下說。嚇得亞英兄妹不敢答腔。

老太太早是知道這件事了，便含笑走出來道：「大概今天的棋運不好，人家讓你幾個子呢？」說著，將泡好了的一玻璃杯茶，雙手捧著送到他面前茶几上。老先生起了一起身子，笑道：「我成了什麼人，輸了棋，回家和兒女們囉唆嗎？你總是護著他們的短。」老太太笑道：「老太爺，你不是常說，『將在外，君命有所不受』嗎？反正是管不了，隨他們去吧。好在宏業夫妻也要去，他們是老香港，彼此當有一個照應。」她說著話，可就站在老先生面前，大有先行道歉之意。他看著老夥伴這種委屈樣子，也覺得老大不忍，笑著嘆口氣道：「隨他去吧，可是宏業夫妻怎麼也要走呢？」

老太太見問題輕鬆了，這才在對面椅子上坐下了道：「什麼緣故，那不用問，無非是重慶一切都沒有在香港舒服。原來人家銀行招待所裡面是不住家眷的。二小姐住溫公館，宏業住在招待所，怪不方便。找了兩月的房子，不是嫌出路不好要爬坡，就是嫌沒有衛生裝置。出路平坦了，衛生裝置也有了，又嫌著少一個院子，或者沒有私人防空洞。除了自己蓋房子，哪裡能夠樣樣都稱心？近來看到大家要去香港，而他們自己接到香港的來信，也是說謠言雖多，一切都像從前一樣，所以就動了心，還是回香港去。他們說還有個退步，萬一香港有問題，他們可以退到澳門去。」

老太爺聽了，噗嗤的笑了一聲。大家看這情形，老頭子是一百個不以為然。話說下去，也只是各人找釘子碰。因之就把香港問題拋開，只說些別的事。亞英是此志已決，這事也不能大過婚姻問題，和黃青萍訂婚，也是先斬後奏，向香港跑一趟，這根本與家庭沒多大關係，報告既畢，自也就不再提了。倒是老母親悄悄的向他道：「你還是多多考慮，進城去向你大哥問問訊息。」又囑咐亞杰也多多的打聽。他們雖沒說什麼，也只覺得母親太不知道世事。香港局面的變化，中國官場哪裡會知道呢。

他們這樣把問題放在心裡。次日早起，兄弟二人好像無事，還在田野裡散步一番，到了午飯以後，父親上茶館找朋友去的時候，他們就偷著搭了公共汽車回城去了。

亞英雖是搬到李狗子公館裡去住了，卻感到許多不便，依然瞞著他夫妻，在旅館裡開了一個房間。這時行期在即，不能不向人家告辭，就便和他商量作保的事，便邀著亞杰一路到李公館來。這是下午四點多鐘，正是電影院第二場電影將開的前半小時。李太太打扮得花枝招展，大紅的旗袍，罩著條子花呢大衣，而且裡子還是墨綠的，這顏色的配合是極其強烈。她一見亞英，就搶步向前，一把抓住他的衣袖道：「郎格兩天不見，啥子事這樣忙？」她伸出來的手，除了指頭上帶了個鑽石戒指，還在手腕上套了一隻油條粗細的黃金鐲子。

亞杰在旁看到，立刻覺著這是一位周身富貴的太太，臉上未免泛出三分欣賞的笑容。李太太看了，還沒有得著亞英的答覆呢，便回轉頭來向亞杰笑道：「這位先生跟二先生長得好像，哦！是兄弟嗎？」亞英笑道：「這是我舍弟亞杰。」李太太才放了亞英的袖子，向亞杰點著頭道：「請到家裡坐，李經理上公司去了。」說著，把客人引到客廳裡坐著，傭人敬過了茶菸，李太太坐在對面椅子上，對亞英臉上看看，又對亞杰臉上看看，然後笑道：「真是像得很。」亞杰倒讓她看得難為情，不由得紅了臉。亞英笑道：「兄弟還有不像的嗎！」李太太身子一扭道：「那不一定，我和我妹妹一路走，人家就看不出來是姐妹。就是說明了，別個也會說不像。一天她來了，我引你見見。你看我這話真不真。」亞英笑道：「這個約會只好稍緩一步了。三五天之內，大概我要到香港去。」李太太就起了一起身子，瞪了眼睛望著他，問道：「這話是真的？」亞英道：「我何必騙你呢？李太太有什麼東西要帶的沒有？」她道：「聽說那個地方也要打國戰，你到那裡去不害怕嗎？」亞英道：「那個地方，也許不會打仗。」李太太道：「聽說香港比重慶好得多，啥子外國東西都有。」又道：「今天晚上你弟兄兩個一定在我公館裡消夜。我叫廚師給你們作幾樣成都菜吃，你們不許推辭。」說著，望了亞英一笑，還把帶著鑽石戒指的手指，向他指著。

亞英道：「我一定叨擾。我還等著李經理回來談話呢。」李太太聽了十分高興，她也不想出去了，把她的手皮包夾著，帶進內室去。亞杰向亞英笑道：「這位夫人，就是這樣留客？」亞英低聲道：「你不要看她過於率直，對人倒是真有一番熱忱。你就在這裡等著仙松回來，將來還有事託他呢。」亞杰道：「哪個仙松？」亞英低聲笑道：「就是李狗子，終不成人家這樣待我們，我們還直接的叫人家小名。」亞杰笑道：「人有了錢，就是怕死。看他新取的這個名字，完全是在長生不老上著想。」說著，李太太換了一件紫色底藍白套花的綢旗袍出來，一面走，一面還在扣著腋下的鈕釦，站著笑問道：「哪個學長生不老？」亞英怕她知道了弟兄們的談論，立刻應聲道：「我學長生不老。」李太太因他坐在長沙發角上，就在隔著茶几的小沙發上坐了，笑道：「你真有這個意思？你不要到香港去，有個峨嵋山的道人，他會傳授仙法，過兩個月我要去朝峨嵋，我們一路去嗎？花錢沒得問題，我聽人家都說只要年年去朝峨嵋，就可以長壽，我們上山敬菩薩多多許願嗎，總有好處。有個老太爺年年朝峨嵋，活到一百多歲。」

亞杰坐在對面椅子上，聽了她的話，又看了她這分殷勤，也就明白亞英有這樣好的公館，可以下榻，為什麼還不願受招待的緣故了。幸喜李狗子在二十分鐘之內就回來了。也是呢帽，呢大衣，腳下踏著烏亮的皮鞋，手裡拿了手杖，挺著大肚子走進院落。李太太一見就叫道：「今天郎格回來得這樣快？你知道家裡有客嗎？」李狗子走進來，看到區氏兄弟，連帽子和手杖一齊丟到椅子上，搶向前兩步，和亞杰握著手道：「老朋友，老朋友！我老早就想見你，總是沒有機會，這次由仰光回來，一定很不錯吧？賺了多少外匯？」說時，他那臉笑著擁起了幾道皺紋。

亞杰聽到了他那種口音，就想到他當年在南京拉車的生活，也就想到那個時候，肯和他聊天，正因為他是一個賣力氣人，給予他一分濃厚的同情。現在看來那情形大為不同了，一開口就是外匯。便笑道：「我們有什麼錯不錯，四川人說話，給人當丘兒，發財是屬於經理先生方面的。」

這時，有個男工進來和他拿去了帽子和手杖，他一脫大衣，也交給了男工，然後向亞英笑道：「昨天家裡請客，老等你不來，又是三天不見，什麼事這樣忙？」李太太道：「別個要出國，要到香港去了。二天，我們也坐飛機去要一趟。」李狗子一手扶了亞英的肩膀，一手握了他的手搖撼著，笑道：「你越來越有辦法了。」亞英笑道：「有什麼辦法，我是去冒險，我正有話向你請教呢。」

李狗子錢是足用了，第一缺的是身分，第二缺的是知識。有人向他請教，他是最得意的事，就握著亞英的手，同在一張沙發上坐下來，笑道：「老弟台，只要能夠幫忙的，請你說出來，我一定盡我的力量去辦。老實說，你一家人都是我所佩服的人，你們肯叫我幫忙，就是看得起我了。你說要我辦點兒什麼事?」亞英道:「我倒並沒有什麼事要你幫忙,規規矩矩的要請你指教。」因把胡天民想託自己在香港代辦西藥的話說了一遍。最後便道:「你看我和他的交情這樣淺,他能把大批的款子交給我,讓我去替他辦貨嗎?他是不是要我在重慶找個保人,又是不是還有別的作用?你李經理哪天也免不了經過這樣一件事,請你告訴我一些經驗。」

李狗子頭一仰,臉上表示得意的樣子笑道:「這個我完全明白。我告訴你,現重慶有大錢的人,那是另外一種性情,和平常的人大為不同,凡事都全看他的高興。他要是在高興頭上,百十萬塊錢拿出來,他身上癢都不會癢一下。他若是不高興,多買一盒香菸送人也是不願的。你和他沒有共過事,不問他要不要保人,你應當自動的找出個保來。這沒有問題,我就可以替你作保。」說到這裡,他似乎有一點兒感慨,將手摸了幾下臉腮,然後長嘆了一聲道:「作生意的人,真要什麼事都辦得通的話,那就上八洞神仙,下八洞神仙,都應該說得通,拉得攏。老弟台,這裡面真是一言難盡。」

他們說話時,李太太坐在旁邊實在無插言之餘地,等李狗子的話停了,她有了說話的機會了,便把手一揮笑道:「啥子事說得麼不到台,就是一言難盡。」李狗子把頭一晃,又是得意的樣子,笑道:「所以我常對你說,不要每日東跑西跑,還是找個家庭教師來教你認識幾個字。我們說話隨便用書上的話,不知字的人怎樣會懂得呢?」亞杰覺得李狗子這一份兒自負,是給予李太太一種難堪。可是她對此並未加以注意,笑道:「讀書我有啥子不贊成?認得字是我自己的好處。你替我請人來教嗎?」李狗子向亞英笑道:「我原來真有意思請二先生教她讀書的。」李太太道:「別個要出洋發財去了，還有啥子說頭，硬是不賞光。」她說著，眼斜看了亞英，微微一笑。

李狗子指著亞杰笑道：「現在更好辦了，三先生根本就是一位教書先生。三先生怎麼樣，你肯收這樣一個學生嗎？」亞杰和李太太還是初見，不便開玩笑，因道：「那怎樣敢當！」李狗子笑道：「你一個當教員的人，教一個不識字的太太，有什麼不敢當！老實說你是沒有工夫。」說著，回轉頭來向太太笑道：「不要緊，我早已想得了一個法子。他們大先生是一個公務員，有鐘點辦公的，下了班就沒有事，我一定請他來教你。我們公司裡要請他當顧問的，以後他也免不了常來。」李太太卻不隱諱自己的心事，指著亞英道：「我實在願意他教我，他既是不肯教，三先生教我也歡迎。大家隨隨便便，我還可以耐住性子坐下去。若要真請一個老先生來，讓別個當小學生，那我就一點鐘也坐不下去。」亞英深怕這個問題討論得太露骨了，便攔著道：「這事好說。我是要走的人了，李經理還是和我出點主意吧。」李狗子道：「你那事好辦，無論那胡經理交多少錢給你，我都願意擔保。若是你自己差錢用，也沒有什麼問題，多少我替你想法子就是。」說著，又連連的拍了他的肩膀道：「只要你看得起我，肯把我當一個實心朋友，我們自己弟兄，還有什麼話說？割了頭也要替你幫忙。」

李太太向丈夫搖著手，把手腕上那隻金鐲子搖得金光閃動，微微的撇了嘴道：「那我有個條件，你轉來了，我是要你在我這裡教書的。只要你答應我這句話，我都可以借你十萬八萬，不要利錢，你在香港給我帶些東西來就要得。」李狗子抓住亞英的手緊緊握著搖撼著道：「人家投師是多麼誠心，你真不好意思拒絕人家了。」說著，昂起頭來哈哈大笑。他笑，亞英也哈哈大笑，連說要得要得。這才把這問題牽扯過去。

亞英也不願失去機會，跟著還是談到香港去的事。李狗子笑道：「我雖不大懂得時局訊息，可是聽到人家談起，總是說香港怕有戰事。上個月我本來要到香港去一趟的，也就因為這種謠言說得太厲害，我不敢去。」亞英道：「李兄，你也有意到香港去一趟嗎？隨便弄一點東西進來，都是三四倍的利息呀。」李狗子聽了他這話，抬起右巴掌在和尚頭上亂摸了一頓，摸得短樁頭髮，唆囉唆羅作響，臉上泛出感到興味的笑意，點著頭道。「我本來是想去的，你一走就更引起我的趣味來了。不過馬上我走不了，等你到了香港之後，給我來個電報，我一定去。」亞英笑道：「他光棍兒一個去探險，沒有什麼關係。你身為經理，主持了這樣好的一個公司，家裡是這樣好的公館，又有這樣漂亮的年輕太太，你也去探險嗎？」李狗子聽了他的話，倒有點愕然，望了亞英道：「老弟，你是不是去作生意？當偵探可不是鬧著玩的事呀！」

亞英知道他把這探險一個名詞誤會了，這就對他細細的解說了一番，李狗子笑道：「哦！探險就是冒險，這個我明白了，作生意就是冒險。作一次生意就是冒一次險，作生意若是十拿九穩的賺錢，哪個不會作生意。」亞英笑道：「你這話是非常之中肯。作生意根本就是探險。太平年間，投機蝕本的人，還不是服毒自殺。」李狗子笑道：「你這個譬喻可不大高明，發財自然是要緊，長壽更加是要緊，我現在倒不怎樣的圖謀利息，就只是想多活兩歲。不然的話，那就太對不住這個花花世界了。」說著，用兩隻肥大的巴掌互相搓著。

亞英生怕為了這段談話，掃了他的興致，於是還跟著談香港貨物行市情形，並籠統的猜想一下道：「大概在香港的貨物運到了重慶，普通都可以賺到三倍或四倍的錢。那就是除了一切的用費，到重慶還可以弄個對本對利。你假如花五十萬在香港買貨，就是由陸地運進來的話，一個月之後你就變成一百萬了。現時四川內地『洗澡』的人，有的果然比這生意作的大，可是我們下江人很難走通。這條路之外，在重慶這地方，哪裡能找到這樣對本對利的生意。」李狗子將手一拍大腿叫道：「你這話說得對，我也去探險一下子。你先去，等著你的來信，我隨後就到。聽說香港有一批人，專門收買外國人不穿韻西服，便宜的幾塊港紙就可以買一套。重慶摩登人，只要有西服就是好的，根本不講究樣子和質料。若是香港真有這種收荒的洋裝能買到，不必作別的生意，就是這玩藝兒，也可以發一筆橫財。」

亞杰是始終旁聽的，這就點頭笑道：「這事是有的，不但是西服，反正是細軟可以裝箱子的舊東西，都有人在香港收買。收買到了之後，用箱子裝著由海道運到廣州灣，再由廣州灣順了公路內運，過關過卡，只說是疏散回內地的僑民，還可以免稅。現在由這條路上去想辦法的人，雖不能算多，但是的確有人在做，有人說香港謠言越大，挑選便宜貨就越是時候。香港人普通都是穿西服的，他們若是要疏散離開的話，所有的舊衣服，舊用物，那還不是二分送一分賣。我們就是到荒貨店裡整批的買，也會落他一個半送半賣。」

李狗子聽了，又一拍大腿道：「好，就是這麼辦。我陪你們探這麼一回險。二先生到了香港，望你和我打聽，就是要預備多少錢，等你的信到了，我想法子買外匯。胡經理那裡的資本，我不但是全負擔，我還要託你帶一筆款子走。你挪用一部分錢也不要緊，你若是不用，就請替我收貨。」

亞英真沒想到自己所要說的話，一字沒提，都讓主人一古腦兒代說了。心裡自是十分高興，便笑道：「只要你放心得過我，我就依你的話行事，代你在香港，先收買一批貨。但不知道你預備多少錢？」李狗子道：「現在我不能確定，明天到公司裡去和同事先商量商量，看看能調動多少港匯我就讓你先帶多少去。假使能得到一點盈利，我決計照成分給你一股。」他還怕亞英不相信，伸出肥厚的巴掌來，將亞英的手緊緊的握著，笑道：「一言為定，一言為定！」

亞英看亞杰時，他也不住的點著頭，暗暗的慶祝成功。也就因為一切合他的來意，主客談的是特別投機。李太太看到他們如此情形，也是十分的高興。雖然這裡是廚師作飯，但自己還到廚房裡去看了好幾次。因之到了開出晚飯來的時候，滿桌都是豐盛鮮美的菜。

李太太親自在屋子裡拿出藏著的半瓶白蘭地放在桌上，又拿出四隻高腳玻璃杯子來，掏出身上香氣勃勃的花綢手絹，將杯子擦抹乾淨，首先斟了一杯酒，兩手捧著放到亞英面前來，笑道：「請你喝杯外國酒。二天你發外國財回來！」亞英自是覺得她客氣過分，笑著向她鞠了半個躬，然後笑道：「李太太這樣客氣，我是沒有什麼答謝，將來李經理到了香港，我一定要他多多給李太太買些好衣料，好化妝品回來。」

李太太一手將酒瓶按住在桌上，一手按了桌沿，周身都帶了勁的樣子，瞪了眼望著李狗子道：「你也打算到香港去了？」李狗子指著亞英笑道：「搿我的老師，教給我發財的法子了，我為什麼不去呢？」李太太很乾脆的昂著頭道：「我也去。」李狗子笑道：「你沒聽說，是要冒險嗎？」她道：「我也去冒險。」說著，放下了酒瓶，扯著李狗子的衣袖，要他答應。好像到香港去就是明天的事。

黃鶴

邀頓飯，主客都吃得很高興。飯後，李太太又特地煎了一壺咖啡來請客，大家圍坐夜話，亞杰在十點鐘打過，告辭走了。亞英因李狗子夫婦盛情，只好留下，到了一點鐘方才到客室裡就寢。談話結論是亞英到香港以後，立刻就來航空信，不論謠言如何，李狗子買到飛機票就動身。自然，李太太也跟著去。

次日，亞英又上下城跑了一天。朋友之間雖是還有說太平洋難免有戰事的，可是他們的論斷根據，也無非是因為看到報上的新聞，這當然不足介意。晚上，林宏業夫婦約著吃晚飯，在廣東館子裡闢了一間雅座。彼此見面，宏業第一句話就笑道：「你這幾天忙得席不暇暖，湊了多少外匯？」亞英笑道：「我們是陽溝裡蚯蚓發蛟，把全身力量用盡，那浪頭也有限。」

二小姐是把堂房姐姐的身分放到一邊，在宏業衣袋裡掏出那個扁平的銀菸盒子來，掀開盒子蓋，托著送到亞英面前來，笑道：「這是舶來品，請嘗一支。」宏業笑道：「不足為奇，一人家馬上到香港去享受天堂生活了。」亞英取過了一支菸，二小姐立刻又把打火機打著了火，送到他面前，含著笑給他點上了那支菸。亞英笑道：「二姐這樣客氣，直把我當了一位客人來招待了。」二小姐笑道：「你看出來了，我就老實的告訴你，在銀錢上我需要你幫一點忙。」亞英本是架著腿坐在沙發上的，聽了這話，很驚訝的站了起來，笑道：「你這句話我就有點不相信了。難道你還會差著錢用？」林宏業笑道：「雖然我們手頭比你松一點，也松不了多少。我要你在銀錢上幫點忙，那也是事實。我聽說，你這兩天跑港匯，跑得很有辦法，我希望你盡量跑，跑到多少是多少，你自己用不了的都讓給我。」亞英笑道：「這不能不說是一件新聞。你們原來在香港賺的是港紙，用的也是港紙，如今跑到重慶來，反是要找港紙拿出去。」二小姐臉上立刻現出了一種憂鬱的樣子，連連的搖頭道：「不用提，失敗失敗，我們是整個的失敗。在香港的時候，這個也說資金內運，那個也說資金內運，弄得我們大大的幹上一下，把所有的錢都運進來了。原來什麼辦農場辦工廠的幻想，一樣也沒有成功。就是想弄一塊地皮蓋屋子，也沒有辦到，鬼混了這樣久，不知道都弄了些什麼。」

這時，茶房進來照例送給老主顧一張配菜的單子。二小姐接著看了一看，皺眉道：「總是這幾樣老菜，今天應該配兩樣新鮮一點的菜給我們才好。」亞英笑道：「隨便吧，你難道真把我當客招待不成？」宏業笑道。「還有博士夫婦要來呢，我也應當給他餞行。」說著，把單子遞給茶房，說道：「不必再送來看，掉換著新鮮的就行。」茶房去了。二小姐笑道：「要說我們為了運動你給我們多弄點外匯，也未嘗不可。兄弟之間，照樣是免不了什麼條件問題的。我再說清楚一點，我們自比你手頭寬裕些，可是手頭寬裕，也不一定就可以買到外匯。」林宏業坐在一邊銜了一支菸卷，微笑道：「我覺得天下最聰明的人是我們，而最混蛋的人也是我們。在香港住得很好，突然神經過敏向重慶一跑，所有留在香港的最後一張港幣，也趕著換成法幣送進來了。可是到了重慶，又覺得樣樣都不好，還是回香港去好。打算把最後的一張法幣，又也要換回港幣。所以要這樣做的原故，原來怕是日本會進占香港，我們要變成俘虜，搬到這重山疊嶂的四川來，覺得是十分安全的。可是到了四川以後，倒是三五天就聽著一回警報，雖然防空洞是安全的，可是每三五天就鬧這麼一回虛驚，實在不舒服。回頭看看香港，不但一點事沒有，而且在重慶的人還是不斷的向香港跑。早知如此，真覺當初神經過敏得無聊。你們不紛紛的到香港去也就罷了，偏是你們都去香港，而且西門夫人還有在香港安居樂業的計劃，你這位令姊……」他說到這裡，向二小姐指著時，二小姐立刻接了嘴道：「我怎麼樣呢，我以前只說自己進來看一看，然後再作打算。可是你就好像敵人在後追著來了一樣，連錢帶貨唏哩嘩啦，裝上那麼多車子，就向重慶一跑。我可以不回香港，只是……」林宏業連連搖著手笑道：「不用下什麼轉語了，我百分之百的服從，只要搭得上飛機，哪天我都可以走。」

這句話剛是發表完畢，就聽到外面有人笑著接嘴道：「有了飛機就走，不要忘了我呀！」隨了這聲音走進來的，正是西門太太。後面跟著博士，身披大衣，口銜雪茄，拿了手杖和帽子，走進門就連連的拱著手笑道：「對不住，有勞久候。」西門太太脫著海勃絨的大衣，將手握住了二小姐的手，連連的搖撼著笑道：「我聽你的話，好像是馬上就要走定了。哪一天的飛機呢？」二小姐笑道：「我不過是這樣說，哪裡就定好了飛機，我還打算等你有了飛機，向你揩油呢。」說時，她看西門太太的手，左手戴著鑽石戒指，右手戴著翡翠戒指，不必多看，就是她這兩隻手，已經充分帶著富貴氣象。西門太太很敏感，知道二小姐是在賞鑑她兩枚戒指，便笑道：「你看這翡翠怎麼樣，不大綠吧？這兩天我很走了幾家拍賣行，像這樣的東西，倒還是不多有呢。」說著，就把手抬起來送給二小姐看。

西門德已脫下大衣和亞英同坐在一張長椅上，手拍了亞英的大腿，輕輕笑道：「趕快準備吧，也許下個星期一我們可以走得了。」西門太太聽到這話，突然回轉身來面向著博士說道：「你這話是真的嗎？怎麼沒有和我提過呢？」亞英笑道：「老師和我開玩笑的，他以為我急著要走呢。」西門太太不住的懸了一隻腳顛動著皮鞋尖，卻向了博士作個沉吟的樣子，問道：「你是真話，還是開玩笑？」博士怕她在大庭廣眾之下生了氣，立刻站起來笑道：「當然是真的。不過現在坐飛機，不把票子拿到手是不敢決定的。甚至就是把票子拿到了手，到了飛機場很可能還是給擠了下來。我怕人家給我約定的有點兒靠不住，回頭到了限期又不能兌現，那卻不是我自找……」他當了許多人，不便把自己怕太太的實情說了出來，只好哈哈一笑。西門太太道：「就是這樣，你也該對我說明，我才好事先預備預備。」博士說：「至遲明天，我得了實信會告訴你的。現在你知道了，在準備上絕不會晚的。向林太太請教請教吧，看我們出去，應當帶些什麼東西送人？明天我們開始要去買了。」

這句話她的確聽著感到了興趣，又回轉身來握了二小姐的手到一邊椅子上去坐談。二小姐在西門太太的言行上，很知道她手頭寬裕，便笑著問道：「買東西送人，那是小事，因為飛機上自己應用的東西帶著也有限制，禮物的多少就沒有問題了。不過你打算在香港久住的話，在香港用的港幣必須在重慶買足，等著你到了香港，託人在重慶把法幣慢慢換了港幣送出去，那可是個麻煩。而且這一類的事，還總是自己親自辦理的好。」

西門太太聽說，把胸脯一挺，很興奮的向她笑道：「這事我完全明白，大概手續也辦完了。你對這件事怎麼樣？」二小姐笑道：「我們也沒有多少錢可以買外匯呀！不過多少總是要辦一點的。」西門太太道：「這事你可託二奶奶去找溫五爺，他們金融界的人，那總是可以想到法子的。難道你沒有和他說過嗎？」二小姐笑道：「當然我不會忘了眼前這尊觀世音，可是為了她是觀世音，求的人就太多了。她就是這樣一尊佛，豈能八方普照？加之她自己也要預備大批的外匯，分給別人的，事實上不能太多。我是對她有這樣一個要求，至於給我多少，那就聽她的便。你想，在聽便情形之下，能得多少外匯？所以我又晝夜的四處想辦法，就是我們這位老弟，我也想到了。」說著，笑嘻嘻的向亞英一指。西門太太道：「他是有辦法的人，什麼張經理、李經理、胡經理都在替他幫忙，難道人家和他說的也是空話不成？」亞英站起來走到她面前，笑道：「師母，別和我開玩笑了。將來到香港去仰仗你的地方還很多呢。今天晚餐給你預備了很可口的菜，還有葡萄酒，就請入座吧。」

說時，茶房先送進來兩隻大碟子，一碟子是臘味拼盤，一碟子是滷雞鴨翅膀。亞英把兩個碟子向上座的方面移了一移笑道：「你看如何？請坐！」於是他立刻在旁邊桌上取過一瓶葡萄酒，向上座的高腳杯子裡把酒斟下去。二小姐覺得亞英的態度是有一點打趣人家，不住把眼向他看著，可是西門太太倒沒有什麼感覺，向前把那酒杯移到圓桌側面，然後接著坐下去舉起酒杯來，向大家點著頭道：「請坐吧，飯後我們還是要過江的。」西門德笑道：「宏業兄，我們是太不客氣了。」說著，舉起酒杯來道：「恭祝我們合作勝利」二小姐也舉了杯子，在杯子下面，將眼望了他笑問道：「這『合作』兩個字是由重慶算起的嗎？」西門德道：「沒有問題，從吃這頓飯就算起！」

於是大家笑嘻嘻的同喝了一口酒，吃了幾樣菜。茶房卻引著一個穿短衣的人進來，向林宏業問道：「有一位西門先生在這裡嗎？陸公館有人送信來。」西門太太聽了這話，立刻搶著答應道：「陸公館來的信？對的，我們就是。」那人在身上掏出一封信來雙手呈上，西門德接過來才將信封拆開，他太太眼明手快，已是在他身側，伸出一隻手來將信抽了過去。博士當了送信人的面，看看眼前的人，就點著頭笑道：「好的，請祕書長替我代拆代行吧。」

西門太太也不理他，只顧看信，只見上面寫著：

德兄左右：

飛機票已購得三張，除賢伉儷外，兄所稱必須同往之友人亦有座位矣，機定於星期一晚十二時前後夜航。望明早九時過我一談，即候刻安。

陸神洲

西門太太看完，兩眉一揚，雙手把信舉了起來笑道：「好了好了，飛機票子有了，還多一張票子呢，在座哪位和我們同行呢？這真費著我們考量呀。你看這信，這不是說得很明白嗎？」說著，把信送到二小姐面前。

西門太太高興得將高跟皮鞋跳了兩跳。西門德看她這樣予，雖覺著是有點失態，可是當了許多人的面，又不便攔阻她，只好旁顧左右而言他的向送信人道：「信我已經收到了，我明早準到。」說著，由身上掏出一張名片交給那人，連連說道：「多承你勞步了！」口雖說著，人也向前走了兩步，大有催著走的樣子。那人倒也明白博士的意思，鞠著一個躬走了。博士回轉身來見太太和二小姐擠在一處，放下筷子不吃飯，商量著怎樣的分配飛機座位。便笑道：「我的夫人，你覺得這事還有可商量的必要嗎？當然是你我兩個位置，其餘一個是久已約定了的區二先生的。就算亞英讓出來：是林先生坐了先走呢？還是林太太坐了先走呢？」二小姐笑道：「那倒不然，難道我們倆人還是什麼拆不開的一對嗎？譬如這回到重慶來，我們就是一個坐飛機來，一個坐汽車來，根本就不是一時一路。」博士坐下來端了酒杯喝酒，向亞英笑道：「聽見沒有？你這個位子可以讓給林太太嗎？」亞英笑道：「有什麼不可讓的？只是他們也不能空了手到香港去，總要帶了些外匯走呀。今天是星期五，只有明天一個星期六可以買外匯，就是讓她走，她也是不能走呀。」二小姐道：「你若是走了，我所希望的外匯，不又是落了空嗎！」亞英笑道：「難道說我答應了你找外匯，我也不是財政部或中央銀行裡管外匯的人，我能這樣隨便一句話就算是外匯嗎？」

西門太太正夾了一塊臘味送到嘴裡咀嚼，聽了這話卻把筷子亂搖，一面咀嚼一面答道：「不要左一句外匯，右一句港幣，談得這樣討厭，什麼大不了的事，看得這樣重！」林宏業不覺呀然一聲，把筷子放了下來，望了她笑道：「西門太太，你說得這樣容易，覺得不應該看得這樣重嗎？你沒見在重慶那些忙外匯的人，今天託人，明天請客，都是有神經病自找麻煩嗎？」不料西門太太對於這個問話，倒不覺得怎樣了不起，一面吃著東西，一面笑道：「這話，我也不承認。請問重慶不斷到香港去的人，他們沒有買外匯，都是空著兩隻手去的嗎？人家有辦法弄外匯去，我們也就有辦法去。林先生，你別忙。飛機座位我沒法子讓給你，外匯上面，我一定替你想一點法子。」

二小姐聽說，就不肯失卻這個機會，立刻將面前杯子裡斟滿了酒，向西門太太舉了一舉，笑道：「先乾杯，我謝謝你的盛意。可是……」西門太太老早端起面前那杯酒一日喝乾了，然後微笑著道：「不用下轉語了，既是我答應了你，我就有辦法，喝吧！」說著，向二小姐照了一照杯。二小姐自然是很高興的喝了。林宏業也跟著喝了。這不但全席人奇怪，就是西門博士也奇怪，就憑她這大而化之的一位太太，在一日之間哪裡去弄一筆外匯？若說去找二奶奶，二小姐不會找二奶奶嗎？他心裡這樣想著，不免對太太連連看了幾眼，可是她飲食自若，並沒有對先生的注視加以注意。這時桌上的各位食客，不是為了飛機票，就是為了外匯發愁，現在飛機票和外匯，都有個相當的解決，大家自是十分歡喜。這餐飯實可以說個盡歡而散。

博士因為第二天還要過江來見陸先生，飯後，便同太太回家，這位太太這時心曠神怡，臉上止不住的笑容，由江北岸到江南岸，在車上，在船上，或者在路上走，她卻是不住的向各處張望著，有時還不住的回頭看一處地方。博士到了家裡，就向她問：「我看你要走了，對重慶好像又有一點戀戀不捨的樣子。」她道：「胡扯，我有什麼戀戀不捨，我不是重慶人，重慶也沒有我什麼親戚故舊。」博士道：「那為什麼你老是四處張望著！」西門太太道：「我為什麼老張望著呢。我想這次離開了重慶，那就不知道哪天會再來，也許一輩子都不來，為什麼不多看看呢？」博士聽她這話，有點兒斷頭語氣，心裡有些不高興，可是又不敢去點破。他進房之後，趕快脫下了皮鞋，踏著拖鞋，架起腳來斜靠在沙發上緩緩的吸著雪茄。西門太太卸裝已畢，也在博士對面椅子上坐著，不覺望了他問道：「你為什麼這樣出神？」博士噴出一口菸來，微笑道：「我有一件事想了兩三個鐘頭，卻始終沒有猜得明白。你一口答應了林太太，可以在明天和她弄一筆港匯，你憑著什麼有這大的把握？」她笑道：「你真是連自己家裡有多少下鍋米，你都會忙著不明白了。溫五爺給我們的那些外匯，我們不會分一部分給她嗎？」博士不覺身子一起，瞪了眼望著她道：「你讓給她，她到香港是有外匯用了，可是她給你的法幣，你還是由飛機上帶去香港入庫，還是存在重慶凍結起來？」她笑道：「你知道什麼，我自然有我的打算，這房東有兩家親戚，他們住在香港一年多了，馬上就要進來，他們除了有一所房子而外，還有許多家具。他們計劃好了，在兩個禮拜之內，就要搬進重慶來。已經間接由房東那裡，和我通了兩回信。他們願意連房子帶家具，都作價讓給我們，叫我們把款子留在重慶。他在香港賣了房子，到重慶來用這筆錢，至於作價多少，等我們到香港看了房子再說。我們可以在香港開支票，讓他到重慶來拿錢。房東太太已經和我向他親戚擔保，支票絕對可以兌現，我對這事倒十分願意。現在林太太要港幣，把她的款子，留在重慶好了。樂得一日氣答應了作個人情。」西門德點著頭道：「原來如此，有人要在香港賣房子到重慶來，就有人由重慶去要在香港買房子，有人……」她跳起來，跑過去，坐到博士那張沙發上，兩手按在他的肩膀上，亂搖了一陣道：「你說，你答應不答應？」搖得博士前俯後仰，連口角上的雪茄都落到樓板上。

博士站起來避開了她，皺著眉道：「我真不解什麼原故，你對於到香港去這樣感到興趣。一提到香港，不但是眉飛色舞，而且喜歡得又蹦又跳。」她笑道：「你不知道我的脾氣嗎？我心裡想要做到的事，若是做到了，我就會喜歡得睡不著覺。」博士道：「若是做不到呢？」她道：「那也會憂愁得睡不著覺。」博士道：「你這話倒是很坦白。不過照我的看法，我倒情願你憂愁得睡不著覺，不願你喜歡得睡不著覺。你憂愁得睡不著覺，那是你自己造成的，你不能怪人。你若是喜歡得睡不著覺，那就難說了。」

西門太太一彎腰把樓板上那支雪茄，撿了起來，送到嘴邊吹了幾口灰，然後又把手指揩擦了一會，塞到他嘴裡。笑嘻嘻地拿起嗓上一盒火柴，擦了一支給他點上，笑道：「老德，我的確知道我有點神經失常，可是你得可憐可憐我。我在重慶度過了兩三個轟炸季，實在嚇得身體疲弱多了。說是能到香港去，不必掛念警報，也不必掛念害了病買不到藥吃，在那裡舒舒服服過下去，那為什麼不高興呢？」說著話，她身子貼了博士站著，拖住他一隻手，讓他摸自己的心口，接著道：「你看一提到警報，我心裡就在跳。」西門博士笑道：「好吧好吧，一切依了你了。既然到香港去，還怕在那裡買不到房子嗎？我真沒有想到在重慶吃榨菜開水泡飯的人，如今居然在香港買房子了。總算我們熬出頭來了。」西門太太兩手握著博士的手，連連的跳了幾下，笑道：「老德，皇天不負苦心人哪！」博士隨了太太這番高興，只有嘻嘻的笑著了。關於到香港去的事情，雖然還有許多技術問題，有待討論，可是在重慶最難得的外匯，也輕輕易易的讓給了他人，其餘的小節目，更不難一律答應了夫人。夫人也是過子興奮，到很深夜方才睡穩。

次日早晨她就起不來，睡意朦朧中，聽到有人在外面屋子裡笑著叫道：「放警報了，還不起來！」她一個翻身坐了起來，首先向窗子上看了一看，見那玻璃顏色混混沌沌的，並沒有一點陽光，還是大霧天氣，心裡首先安慰了一點，一面趕緊找了衣服在身上披著，一面伸腳在床下找拖鞋，問道：「別開玩笑，是真的是假的？這不是鬧著玩的。」區二小姐在外面笑道：「別害怕。是我鬧著玩的。大霧的天氣，哪來的警報！起來吧。我都在重慶遇到西門先生了。」西門太太還是不放心，扒到窗子口向外看看，覺得一切平常，這才穿著衣服迎到外面屋子來。二小姐笑道：「我向來喜歡用警報來了這句話和人開玩笑，沒想到你是最怕這玩意兒的，對不起，對不起。」西門太太道：「我實在有這點壞毛病，警報器一響，我就喪魂失魄死去半個人。也就為了這個，我急於要到香港去。我猜著你是為什麼來的，性子也是很急呀。」說著，望了二小姐嘻嘻的一笑。二小姐道：「倒不是我性子急，日子沒有了，這筆外匯從何處去抓？」西門太太笑道：「你要多少港幣，你說吧。」二小姐道：「當然，不能由我的想法，最好我是把重慶的法幣都變成港幣，可是哪能抓到許多。只要能夠掉換一部分，免得把錢全凍結在重慶。那就很可滿意了。」西門太太望了她笑著，然後將手一拍胸道：「全交給我吧。」二小姐知道她這幾天神經有點失常，對她臉上注意著看了一遍，笑著搖搖頭道：「不是玩笑？」她道：「這筆外匯若在人家手上，只要沒交到我手上，那都算是玩笑。老實告訴你，外匯已由我拿到，存在銀行裡了，多了不行，我分二三十萬港幣給你還不成問題。現在我去洗臉吧，換好衣服立刻和你過去拿錢，你還有什麼不放心的？」二小姐道：「那麼，是你的錢了？」她聳著鼻子哼了一聲，表示十分的得意，揚著眼皮微笑，然後點頭道：「寬坐一會吧。」說著她進臥室裡洗臉去了。

二小姐對於她的話，倒是將信將疑，坐在椅子上，看到辦公室上玻璃板下壓了一張自來水筆寫的稿子，一行一行列著好像是帳單。於是順手抽出來先看了看，那個筆跡容易認出是西門太太的字，上面這樣寫著：彈簧鋼床一張，絨面沙發一套，細瓷碗碟全份，電氣冰箱一隻，玻璃衣櫥兩隻，大號電烙鐵一隻。她看到這裡，西門太太伸頭出來張望了一下笑道：「這是寫得鬧著玩的。」二小姐一看這單子上的東西，由頭到尾橫列了三行大概總在二百樣以上，便笑道：「你這張單子，寫得有點不倫不類，上自彈簧鋼床，下到電烙鐵，都列在一處。現在還是冷天呢，你就要買下電汽冰箱了。」西門太太道：「這有我的原因的。我是在重慶這幾年，用著不湊手的東西慭得夠了。到香港，我都得去買起來。」二小姐道：「像電汽冰箱這類東西，你根本用不著買新的。你可以住在香港等機會，等著那回國的英國人或美國人，他們有整堂家具拍賣，你可花便宜錢買到好貨。」西門太太一手拿著手鏡，一手拿著胭脂粉撲子，笑著跑出房門來道：「我就是這個辦法呀。我為什麼有外匯讓給你呢？也就是要在香港買房子的錢。」二小姐道：「你算錯了帳吧？預備在香港買房子，為什麼把外匯讓出來？」西門太太道：「我一點不錯，那房主要到重慶來，他們正想資金內移。我這錢是預備留在重慶交給他的。去的去，來的還是來呀。」二小姐聽了這話，心裡倒不無影響，分明是香港訊息依然不好，不然人家也不會賣了香港房子到重慶來拿錢，因道：「你怎麼和香港這戶人家接洽的？」西門太太道：「那方面是房東的親戚，也許突然搬了來找不到房子，就住的是我這幾間房子，我們正好是換球門。」二小姐道：「你沒有問他們為什麼要搬了進來嗎？」西門太太不覺的把臉沉著，答道：「那有什麼可問的，還不是一些杞人憂天之流。」她對於這問題顯然是不願意追究的，交代了這句話，又進房化妝去了。

二小姐自也覺得求人家的外匯之時，太得著人家的幫忙了，總不便再掃人家的興，因此也就默然的坐著等候，不再提什麼問題。西門太太化妝完畢，出來見她靜靜的坐在這裡，便笑道：「你在想著什麼？你可以放心，吃過午飯我陪你過江，跑到銀行裡去把港幣移交到你手上。」二小姐笑道：「我在這裡靜坐，是為著讓你從從容容去化妝，並不是為著我。」

這時，西門太太總算將現代婦女的新武裝，完全配備妥當，便嘆口氣笑道：「二小姐，我在你面前不必說什麼假話，我現在實在是老了，不能不倚靠這點兒化妝的手術。你一定會說，難道多年的夫妻，還要用這樣的打扮去討好丈夫嗎？可是男人的心是難測的，在他沒有錢的時候那無所謂，等到他有了辦法了，他就會討厭家裡的黃臉婆子的。當然一個女人自己有辦法的話，不在丈夫的態度如何，他不喜歡我，我還不喜歡他呢。不過，我有點封建頭腦，覺得女人的丈夫，最好是不要換，在這個原則之下，我對老德就不能不採取屈服的態度，你見笑嗎？」二小姐道：「誰又不是一樣呢？那麼，你主張到香港去，有沒有這一點因素在內？」她笑道：「那倒是沒有。相反的，香港上海都是男女開放的地方，我倒多少有點不放心，因此我要加緊的控制老德。」二小姐覺得她真是在高興頭上，竟是什麼話都肯和人說了。便笑道：「你真是個直心眼子的人，二奶奶就常對我說，你這點實在可取，我們應當多跟著你學學。」西門太太笑道：「不用跟我學了，到了香港，你們多多教給我一點，那就很好了。」

這時，樓廊上有人接嘴道：「現在是時時刻刻都聽到討論香港。」二小姐笑道：「亞英也是這麼一大早就過江來了，難道不是為了香港來的？」亞英笑嘻嘻的站在門口，取了帽子在手，向主人一點頭道：「老師走了？」西門太太笑道：「這可了不得，二先生現在正式叫老德做老師了。那是不敢當的！」亞英道：「除非博士不屑於收我這麼一個學生，怎麼可以說不敢當！」他一面說著，一面進屋來，且不坐下，向她又點了個頭笑道：「不管怎麼樣，我今天是來服務的。有什麼事儘管交給我做。」說著，又向屋子四周看了一看，因道：「東西完全沒有開始收拾，來得及嗎？」西門太太笑道：「坐飛機就是這樣討厭，什麼東西都不能帶，都留下了。這不能不託林先生他的車子，將來直放廣州灣的時候，請他給我帶到廣州灣。二先生既是有這番好意來服務，我也非常之歡迎。我把鑰匙交給你，你開著箱子，把我的衣物給我開張單子，我好帶到香港去。」說時，她直走到屋子裡去提出一把鑰匙叮噹的響著，向亞英懷裡一拋。亞英接著鑰匙笑道：「這個任務太重大了，我知道你箱子裡櫥子裡收著些什麼東西，你們的珍珠寶貝，重要檔案……」西門太太道：「那不是笑話嗎？

有珍珠寶貝我們還不帶走，留在重慶嗎？」亞英道：「我又知道哪樣帶走，哪樣不帶走呢？」西門太太道：「實不相瞞，要帶走的東西前四五天我們已經收起來，歸併著在兩隻手提箱裡了。這箱子的鑰匙我在身上藏著呢，明白了嗎？這件開單子的事，我本打算今晚上連夜和老德合辦的。」二小姐道：「開下了單子，東西都交給誰？」西門太太道：「都交給亞杰吧，他若是和朱小姐定在明春結婚，由臥室到廚房裡的粗細用具全不用買。將來林先生上廣州灣，隨他的便，願意給我們帶什麼，就帶什麼。」

亞英和二小姐都覺得她這話是過於慷慨，甚至於認為她這話是有點反常。兩人看著相對一笑。亞英對著書架子上看了看，見上下三格西裝書線裝書，約莫也有三四百本，便問這書怎麼辦呢？西門太太笑道：「老德無條件的送給他一個朋友了。我們走了，讓他連書架子搬了去。」亞英對屋子周嗣看了一遍，笑道：「實在的說，假如我的生活得到解決，我就在這裡住了下去，也未嘗不好。戰時大後方，找這麼一個地方落腳，也是不容易的。」西門太太一聽這話，就先有三分不願意，便道：「你這是違心之論，你的生活有什麼不能解決？你一個人吃飽了，就是一家人吃飽了。你既喜歡這屋子，我立刻就全盤相讓。」

亞英知道這句無心的話，又觸動了她的怒，便笑道：「話雖如此，可是這抗戰是慢性肺病，知道哪一天結束？只管在這裡住著，哪一天是出頭之日，能走的話自然是走的好。譬如一隻鳥，它願意住在大樹林子裡，自己慢慢的去尋覓食物，絕不願意關在金鑲玉嵌的籠子裡，坐享那一份食糧。」西門太太笑著嘆了一口氣道：「什麼話，都是你一個人包辦的說了。」二小姐笑道：「老二，你還是和師母少抬槓吧。將來在香港遇到了黃青萍，還得多多的請你師母幫忙呢。」亞英道：「難道說你就不幫忙嗎？」二小姐笑道：「我怎能不幫忙，我都和你們想好了，我在香港的那一所房子，雖然比不了重慶溫公館那樣寬大，可是有許多舶來品的建備，重慶也是找不到的，我那裡樓上開著窗戶，可以看到屋子外半畝地的花園，可說終年不脫青色。那走廊下設有兩把細藤長椅，把黃青萍找了來，讓她和你在那裡作個三天三夜的談判，必須讓她和你把問題解決。也許她喜歡我那地方，就讓她在我那裡住下去吧。我能負責一切招待，以六十分以上為標準。」她把話說到這裡，彷彿自己就神遊香港故居了。坐在沙發上兩手十指交叉著抱著左大腿，微昂了頭，也微閉了眼睛，臉上不斷的發出微笑來。亞英心想這位太太，也是這樣眷戀香港的，自己也就笑笑不說話。西門太太卻笑道：「你看，這也就談到你心眼裡去了吧？只要一說到姓黃的小姐，你就心癢難撓。」二小姐這才把回味香港的夢醒了過來，笑道：「實在的說，黃青萍是太美了，不是，太媚了。假如我是個男子，我也不能不追求她。」說著，大家都笑了。

大家在歡笑中計議，飯後，亞英是照著師母的吩咐在家裡和她登記衣物，二小姐陪了西門太太過江去領取外匯。亞英原以為登記這件事簡單，沒有考慮的承受下來，殊不料一人將檢箱子，清理衣物，開單子三件事雙手包辦，卻是相當的累人。到了下午四點多鐘，博士在門外就叫著「偏勞偏勞」，走進屋子來時，兩手抱著帽子，手杖連漣的拱了幾下。亞英正對了桌子面前一隻敞開來的箱子，這就搖搖頭站起來道：「老師，這差事我真有點吃不消！」西門德笑道：「這事自然瑣碎，可是你也可以想到，我們依賴之深和信任之誠了。現在我的事已經大致辦妥，你的事情怎麼樣了？」亞英笑道：「仰仗老師的攜帶，朋友們都一致的信任，得著李仙松的擔保，那位胡經理已經交給我三張香港的支票，而且這位李先生本人也交了我一批款子，事情辦得相當順手。要不然，我也不會安心在這裡當帳房先生了。」

兩人談得高興，他家裡的老傭人劉嫂卻呆呆的站在門外聽。亞英一回頭看到她，笑問道：「你們主人要走了，你有點捨不得吧？」劉嫂道。「現在你們好了，不逃警報了。」亞英笑道：「你的意思，覺得在重慶除了逃警報，就沒有什麼苦處嗎？」劉嫂道：「下江有沒有重慶好耍？」西門德笑向亞英道：「我們這位管家，和我們太太最說得來的一點，就是什麼地方好耍，什麼時候好耍。」亞英笑道：「劉嫂，你和我們一路到下江去吧。我保險比重慶好耍。」劉嫂道：「我們幫人的，也趕不到飛機。」西門德聽到這裡，忽然哈哈大笑。亞英道：「老師和師母一樣，遇事都高興。」西門德他道：「我想起了北平一句俗話：『老婆兒坐飛機，抖起來了。』如今這時代，似乎已進行到這一階段。不過我們這個家還達不到這地步罷了。你看我們劉嫂大有願意和我們一起走的意思。其實就讓她搭坐到廣州灣的貨車，由海道到香港，倒也未嘗不可。」亞英道：「我倒向來不知道她的家世。她的老闆出徵去了嗎？」劉嫂道：「破腦殼的保長，為了和我們借三擔穀子，沒有借到，半夜裡跳進屋來，一索子把他捆起走了，硬說他中了簽。啥子叫簽嗎，不用說抽籤，看都沒有看見過這個簽，也不曉得朗格中的。拉去之後，在啥子昌喲，來過一封信，兩年多了，沒得訊息。曉得有沒有人羅！算了，我也不想了。——先生，飯好了，要不要消夜？」她隨說著，隨就把問題拋開。看那樣子，倒並不怎樣介意似的。

亞英低聲道：「我倒有點替她黯然。」西門德搖搖頭笑道：「你替她黯然作什麼？我太太除了給她大批的錢而外，還有木器家具，鍋盆碗盞鋪蓋行李，給了她個全，她可以去組織小家庭了。」亞英道：「那麼，是她另有良圖了。」西門德道：「這是抗戰中不平事件之一罷了。所以我們男子，對於女子過於忠實，也是不好的。」亞英笑道：「你能相信我，不會專為了找黃青萍到香港去吧？而且不見得她就在香港。」西門德笑道：「中國人總還要靠中國人吃飯。縱然她暫時跑出國境去，也不會離開飛機能到重慶，輪船能到上海的範圍。為什麼呢？這兩處是她這種人最有辦法的所在。她是功利社會上的一種典型，那麼，她不在香港在哪裡？你覺得我的話不對嗎？」亞英笑道：「老師的話太對了。倘若她竟是我們所料想的，那她的前途是太黑暗了。這個人似乎也就值不得怎樣的去憐惜她。我有點廢然思返了。」說著，微微的搖了兩搖頭。西門德笑道：「你不是說著你並非為她到香港去嗎？」亞英笑道：「香港我自然是要去的。」西門德笑道：「好了，有這句話就夠了。你不要下轉語。假如我太太在當面，一下轉語，她又不高興了。」亞英聽了想說句什麼，可是他微微的笑了一笑，把話又忍回去了。

西門德自知道他是要說著什麼，就打著岔道：「過江去吃晚飯吧。大家把要走前的雜事處決一下，明天和朋友辭辭行，下午就可以預備走。現在的飛機是沒有一定的時間的，我們是要在重慶等著的。」亞英匆匆的將博士的衣箱收拾了，就和他一路過江。不過博士最後一句話，讓他心裡有點蕩漾，雖然辭行這種俗套是不必要的，可是這次走得很勉強，家庭並沒有完全同意，乘星期一的班機走，也並沒有告訴家庭，那似乎也不妥。當然是要下鄉去見父母一面，時間確又來不及。今天夜深了，明天還得向李狗子、胡天民兩處分別商洽一次，後日至多有半天工夫，空出來，那也就什麼事不能辦。他這樣的打著主意，過江以後就打算給亞杰一個電話，讓他代向家裡去報告一聲。可是他們到了約會的飯館裡，溫五爺派了一個人在等候，說是有重要事情商量，改在溫公館晚飯。亞英原不想去，西門德一定拉著，只好同行到了溫公館。老遠就看到電燈通明的窗戶裡，有著西門太太的笑聲。溫五爺也就接了出來，笑嘻嘻的一一握著手，博士一介紹亞英，他就讚了一聲：「果然是一位英俊人物！」亞英頗覺有點言中帶刺，無法用什麼話來謙遜，只是笑笑。

到了客廳，見宏業夫婦，西門太太，二奶奶，全在座。西門太太很高興的向他笑道：「我們走得熱鬧得很，所有在座的人都坐了這架飛機走，這實在是難得的事。」西門德倒有些茫然，看看林氏夫婦，臉上帶了幾分笑容，彼此，相望著，看那情形倒像是真的，宏業起身讓他同坐了，因笑道：「這完全是五爺的力量。事情有這樣湊巧，定了這架飛機走的人，有三個人退票。改為下班飛機走。這三個座位，就讓給我們了。二奶奶覺得這件事十分合意，高興之餘，特意在家裡請客。」溫五爺笑道：「不能算是她請客，應該算是我餞行吧。另外呢，我有點小事相求。」他坐在西門德和亞英斜對面，很快的將眼光對兩人掃射了一下。亞英心裡立刻就跳動了一下。心想他不要當面提到黃青萍吧。溫五爺笑道：「也並不是十分困難的事，就是我太太到了香港，容易忘了重慶，假如一個月內我不能去的話，希望各位催她早點回來。」西門太太笑道：「一個月的限期太短了，我希望留著二奶奶過了轟炸季再回來。五爺若是離不開太太的話，那就應該自向香港去伴駕。你要知道，太太在香港看報，看到重慶天天有空襲的時候，她也是很不放心的。」溫五爺笑道：「在重慶的人，難道就不掛念香港的人嗎？」西門太太笑道：「五爺就是這樣愛替別人發愁，為什麼我們家在重慶的人，這樣放不下心去！萬一有點風聲，幾個鐘點的航程，不會坐了飛機走嗎？五爺若是為了怕香港有事，不敢去陪太太，那就……那就……」她說到這裡，不肯下結語，嘻嘻的笑了一笑。

二奶奶手上端了一隻茶杯，臉上帶著微笑，只是喝茶。她穿著一件墨綠色的呢袍子，周圍滾著大紅緞子沿邊，頭髮長長的，黑黑的，挽了個如意髻，耳邊微微的兩個薄蟬翼，斜插了一枝水紅梅花，臉上薄施著脂粉，極端的帶著徐娘美。亞英這就聯帶的想著，這樣漂亮的太太，溫五爺放著她單獨的到香港去，這有點不近情理。二奶奶也就這樣坦然的走著，這也未免太任性一點。可是看看二奶奶的態度毫無顧忌，架起一隻右腿在左腿上，將一隻平底白緞子繡花便鞋，輕輕幾的顛動著。溫五爺看看二奶奶就笑道：「不必是我，我看天下的男子全是一樣吧？誰肯和太太分開來住著，人生自然是太太至上，可是沒有事業，就無法養得起太太，事業把我捆住在重慶，我也就沒有法子不住下去。」二奶奶放下杯子站了起來笑道：「雖然輿論在制裁著你，可是我並沒有說你什麼。你是為了事業要留在重慶，我也不是為了好玩去香港。」溫五爺點了點頭笑道：「對對對，大家都餓了，去吃飯吧。」於是大家魚貫的走入餐廳。西門太太特別高興，和滿桌的人鬧酒。這頓飯吃下來，又熬了一壺普洱茶，品茗閒談，到了晚上十一點鐘方才散席。

亞英原來想今晚上去找老三談話，帶了三分酒意，就不能再去了。他回李家一宿好睡，次晨九點鐘去會著亞杰，把自己的意思對他說了。亞杰道：「我倒不知道你們這樣快，這幾天美日談判的形勢很緊張，我倒主張你看兩天風色。」亞英一擺頭道：「到了現在，根本無考量之餘地了，就是香港大砲在響，我也要去。」亞杰道：「你告訴了大哥沒有？」亞英笑道：「他那種脾氣，比父親還要固執一些，以不告訴他為妙，可以省了許多口舌。我想臨行的時候，和他通一個電話吧。」

亞杰望了二哥，嘆著一日無聲的氣，看看錶已十點多鐘，也不能和他多辯，立刻奔上汽車站。到了鄉下已是下午三點鐘。他知道老太爺照例是坐茶館下棋的，且不回家，先走向茶館來。區老太爺躺在布睡椅上，架上老花眼鏡，正捧了一本英文雜誌在看。他一回頭看到亞杰，問道：「你今天怎麼有工夫回來？我聽說，這些時候有汽車的人，正在搶運東西。」亞杰道：「這種情形差不多過去了。原來大家猜著怕是太平洋會發生戰事，向裡面搶運貨物，現在大家麻木下來了，又恢復了正常的狀態。」老太爺將眼鏡取下，揣入衣袋裡，卻把這本雜誌伸到他面前道：「這就是香港來的一本美國雜誌，人家都說，日本人已把炸藥的引線拿在手上了。那就是說日本人愛什麼時候把戰爭爆發，就是什麼時候爆發。」亞杰接過雜誌來一看，因道：「這是上個月的雜誌呢。」老太爺道：「坐下來喝碗茶吧，為什麼這樣匆忙，臨時起意下鄉的嗎？」

亞杰聽聽父親的口氣，正是和亞英的趣味相反，覺得這訊息還是慢慢說出來的好，麼師泡了一碗茶送在茶几上，他端起來喝了一日道：「各人的觀察不同，有些人認為日本人外強中乾，他不敢和英美真打起來的，所以有些人願意到香港上海去的，還是繼續的去。」老先生淡笑了一聲道：「自然是有，蒼蠅還不是照常到刀口上去舔血吃嗎？」亞杰心想這話音嚴重得很，在茶館裡把父親說僵了不大好，於是默然的坐了一會才道：「爸爸，我們回去談吧，有幾句話回去和母親一同商量。」說時，他臉上帶了一點微微的笑意。老先生道：「哦，這兩天你看到朱小姐嗎？這孩子大體說得過去。」亞杰道：「看到的，但並沒有說什麼。」老太爺微笑道：「我和你回去再說，家庭就是這樣一個半新不舊的家庭。」亞杰聽父親這話，一直是誤會著，也不好立刻給予他一個更正。

老太爺會了茶帳，起身向家裡走。亞杰跟在後面經過平原上一條人行路的時候，父子說著閒話，老先生問道：「你二哥到香港去的那個計劃，已經取消了嗎？」亞杰道：「我正為此事而來。」老先生道：「怎麼樣，他不肯接受勸告？」亞杰道：「他們男女一行六個人，定好了明天的飛機走。」老太爺突然的回轉身來，站著望了他道：「什麼！他們明天就要走了？亞英怕回來我會攔著，他所以讓你回來代為通知。」亞杰道：「那倒不是，他這兩天忙著在各處湊齊款子，分不開身來。」老先生道：「現在幾點鐘了？大概進城的班車沒有了吧？」亞杰道：「爸爸要和亞英談談的話，明天一早進城也來得及，到香港的飛機，照例是晚上起飛的。」老先生嘆了口氣，並不再說什麼。緩緩的走回家去。

到了家裡，亞杰一談這事，全家人都不贊成，覺得這樣走實在是太突然。亞杰雖不同意亞英的舉動，可是這已不能挽回的，說多了也是徒然，因此只是默然。次日早起，同著亞男和老太爺一路進城，預備和亞英面談，可是碰巧了這天公路局貼出布告來，今天因酒精沒有運到，暫不售票，等酒精運到再臨時決定。於是三人商量一遍，只好趕上前面大站，坐馬車走。殊不知馬車也為了沒有汽車，擁擠的了不得。等了兩小時之久還挨不到他們。於是又改了走一截路，坐一截路的人力車，耽誤再耽誤，到了重慶市區已經是下午三點鐘了。

亞杰陪著父親先在小茶館裡休息休息，卻讓亞男到溫公館裡去打聽，看走的人是否在那裡齊集。不到半小時亞男匆匆的來了，她首先道：「我們直接到飛機場去吧。他們已經走了。我們早到十分鐘就看見了他們，他們原是在溫公館齊集的。」老太爺道：「飛機不是晚上起飛的嗎？」亞杰道：「到香港的飛機要經過一大截淪陷區，航空公司看情形，隨時有變化的。」老先生只說了一聲「走吧」，就由茶座上站起身來，大家奔向珊瑚壩飛機場。連坐車帶走路到了飛機場時，又是一小時以後了。大家先到那席篷候機室，卻是空洞洞的沒有人。一個茶房由旁邊迎了出來道：「飛機快要起飛了，客人都上了飛機了。」老先生向亞杰苦笑道：「你看，到哪裡都趕不上。」亞杰道：「大概起飛還有一下，你不看送客的人都還在飛機旁邊環繞著。」他說著，就是首先一個向飛機跑道上走去，大家自也不能停住。那一架民航機，這時正開啟了艙門，在一旁架著梯子，送客的人都圍了飛機站著。區老太爺走向前時，亞雄由人叢中走了出來道：「爸爸還由鄉下趕了來，他們已上飛機了。我和亞英也只說了幾句話。」

西門德這時由機艙門裡伸出半截身子來點著頭，第二個窗戶裡露著亞英的面孔，他正是一起身作個敬禮的樣子，看他那面色似乎有點感動，分明是感到老父親自己由鄉下來送別，實在是老人家的慈愛可感，臉上就透出了幾分尷尬的情形。可是區老先生只一轉眼，見飛機艙門已經合上了，圍著飛機的送客者紛紛向後退走。老先生和他三個兒女，也只好向後退。飛機前的螺旋槳向大家開始搖著手，好像是說「別了別了」。本來由重慶去香港算不得什麼離別，只是這次老先生對於第二個兒子的走，有一百個勉強在內，偏是老遠的趕來飛機場，又沒有說到半句話，實在是心裡留下了個大疙瘩，眼望著飛機在螺旋槳的響聲裡，向前奔跑，離地飛上了空中，全場送客的人都昂起頭來向空中看。

亞男卻牽了牽老先生的衣襟，低聲道：「溫先生和你打招呼呢。」老先生一回頭見個穿灰鼠皮袍的人，揭起了頭上的呢帽，料著這是鼎鼎大名的溫五爺了。便迎向前拱拱手道：「一向久仰，孩子們又常在府上打攪，只是無緣拜會。」溫五爺笑道：「我曾屢次託二小姐向老先生致意的。老先生的清高品格，我是敬仰的，不是都來送人，還不知道何日會面。令郎都是幹才。」老先生微微嘆了口氣道：「他們這些作風，也全非兄弟的本意。」溫五爺笑道：「香港也無所謂，你老先生可以放心。」

機場上自也不便多說什麼，大家微微一笑，再抬頭看那飛機時，已經飛向很遠的長空上成了個小黑點了。溫五爺笑道：「該回去了，我坡上有車子，老先生到哪裡？兄弟可以恭送一程。」區老太爺到了這個時候，倒有點悵悵不知所之，便笑著道。「我上坡就到了，改天再來奉看。」五爺自也不勉強，上了坡各自分手。亞男問道：「爸爸說上坡就到了，不知道到哪裡去？」老太爺笑道：「這是我順口推託之辭罷了，實在的，我還不知道今天在哪裡落腳，乾脆我爺兒倆去住旅館，我也不打算去打攪哪一個。我在城裡打算住兩三天，看看許多好久沒有見面的朋友。」亞雄兄弟們都知道父親有一種不可言宣的情緒，留著他在城裡玩幾天，讓他心裡舒適一下也好。亞杰是跑五金生意的人，這些消費的地方絕對有辦法，於是在高等旅館裡，找好兩間房間，大房間安頓父親，小房間安頓妹妹。晚上留亞雄在一處吃了一頓小館子，又看了一場話劇。

老太爺在城裡混了兩天要下鄉了，帶著亞男在街上閒溜，打算買點應用東西。才出旅館大門，忽然看到背朝旅舍兩個報童，夾了一小卷報紙在腋下，手裡高舉一張，口裡狂喊著：「號外，號外！美國英國和日本宣戰！」街上的人，成群的跟著那報童叫買號外。

亞男奔了過去，買了一張，忙著看。老太爺迎著她問道「什麼訊息？」亞男道：「日本四面八方都在動手，一邊在偷襲珍珠港，一面在進攻新加坡。」老太爺道：「香港怎麼樣？我看我看。」說著，在她手上，把號外扯了過來。可是等著號外拿到手上的時候，他才想起沒有帶眼鏡，便把號外依然交到她手上道：「你唸給我聽吧，香港怎麼樣？」亞男道：「這上面的訊息，說得很簡單，只是說日本飛機已在香港開始轟炸了。我們分途去打聽訊息吧。我到溫公館去看看，五爺有一位太太在香港，他總不能不想點法子。只是博士夫婦，恐怕要淪陷在香港了。」老太爺聽到這裡，突然重聲道：「西門太太，真禍水也！」亞男看到父親有生氣的樣子，笑道：「這回大家上香港，還是我家二姐和溫家二奶奶的罪過。她們總是說香港好，把這位神經病勾引動了。」區老太爺道：「這一班只講享解放權利，而不盡解放義務的女人，反正都是禍水，發牢騷也是無用，我贊成你到溫家去打聽打聽。」

亞男走了，老太爺也不想再回屋子裡去休息，就分頭去看朋友。當然大家見面都是談到日本和英美開火這件事。談起香港上海，都說活該，我們在後方這樣受苦，在香港上海的人還過著快活日子，不到後方來，這次應該讓他們受一點罪了。這樣老太爺倒不好逢人告訴苦衷，晚間回到旅館，亞雄、亞杰、亞男同開著一個家庭談話會，都認為亞英為人很機警，應該有辦法保護自己的安全。亞男的報告卻相當樂觀，據溫五爺表示，二奶奶在香港人地很熟，航空公司也有熟人，也許可以擠上飛機飛了出來。他猜想著今晚上可以得一個電報。

次日早上，區老太爺就到溫公館去探訪溫五爺，那時不過八點半鐘，他竟是在書房裡看報了。

可見他是老早就起來了的，也許一宿都沒睡。他聽說區老先生來訪，迎到院子裡來，搶上前兩步握著他的手道：「歡迎，歡迎！」老太爺道：「我來得太早了，不打攪五爺嗎？」溫五爺將客引到客廳裡，笑道：「實不相瞞，彼此都有同感。老先生你當然知道我所謂有同感的是哪一件事了。」說著，主客相對各苦笑了一下。老太爺道：「論說呢，這事也並非意外。」溫五爺將雪茄在菸灰碟上輕輕敲著灰道：「這算什麼意外，簡直是在意中。不過我這位太太個性甚強，她既要走，我也沒有法子。」老太爺道：「現在渝港電訊還通嗎？」他沉吟著道：；「電訊雖說是通，可是我並沒有收到一個字的電報。至於發出去的呢，是否定到也就不得而知了。我想她或者會自行設法坐了飛機回來。據我所知，我們內地有飛機去搶運人出來。她當然不夠被搶運的資格，可是中國一切，都是人事問題，她也許和被搶運的人熟識，聯帶的被搶運了出來。今天我四處打著朋友的電話，去探聽飛機到重慶的訊息。只要飛機有確實訊息，我就到飛機場上去等著，接不著自己的人，香港來的人總是接得著的。在這些人口裡我看可以得著一些準確的情形。」老太爺道：「那很好，我就敬候著五爺的訊息吧。不過五爺是公忙的人，我在什麼地方打聽為宜呢？」五爺笑道：「什麼地方都可以，家裡，銀行裡，公司裡，你隨便向哪處打電話都可以。」他說著話時，把雪茄菸深深的吸了兩口，似乎又已引起他滿腹的愁緒。老太爺自己也是坐立不安，既向五爺問不著什麼訊息，也不願多坐，告別了溫五爺，復回到旅館裡來。

亞男老遠的就迎接著，搶了問道：「爸爸，訊息怎麼樣？香港打得不算厲害嗎？」老太爺也沒作聲，坐到椅子上搖了兩搖頭，吟著兩句詩道：「『黃鶴一去不復返，白雲千載空悠悠。』悠悠者，我心也。」亞男道：「我知道爸爸是放心不下的，媽在鄉下得著這訊息，更會急得了不得。我想我先回去吧。」老太爺拿出衣袋裡的雪茄和火柴，擦了火默然的吸著菸，又站起身來，背著手在屋子裡來回的踱著步伐。最後坐下來嘆口氣道：「『自作孽，不可活』，隨他去。我們明天下午回鄉。溫五爺既約著和我通訊息，我應當在明早上給他一個電話。」

父女二人默然相對的坐了半小時，亞杰卻匆匆的走了進來，臉上紅紅的出著汗，他腋下夾著一個大皮包，裡面是盛著包鼓鼓的。老太爺問道：「看你這樣子，你又是在外面忙著和老闆作生意吧。」亞杰放下皮包兩手掌搓了兩搓，似乎有點躊躇的樣子，然後帶了笑容道：「我給爸爸一個報告，爸爸一定不贊成的，可是我又不能不說。我們那經理十分的敏感，他說太平洋戰事一起，五金西藥的來源要完全仰賴緬甸了。在這種情形下，仰光的東西一定要漲價，我打算立刻動身到仰光去搶運一些東西進來。」老太爺淡笑一聲。亞杰道：「他走的還是真急，打算明天和我一路走，到仰光去總還是平安的一條路，爸爸可以放心。」老太爺且不答覆這話，反向他問道：「大概你們貴經理有這種意思，你們第一天把貨辦好了。第二天開車回國，第三天日本人就向仰光進攻，然後你們這一車貨，是斷絕路線前的最後一車，這貨運到中國大後方來，就利市十倍了。」亞杰靠了屋子正中桌子站著，兩手插在西服褲袋裡默然的站著，將他的皮鞋尖不住的打著地板。

老太爺昂起頭來嘆了口氣道：「我很遺憾我所見之不廣。從前我說，一個人不能弄政治，這玩意到了利害衝突點是六親不認的。現在看起來，經商的人也未嘗不是這樣。在可以賺錢的時候，也是六親不認。你想，在亞英失陷香港的時候，我且不說你為了手足之情，就是一個普通朋友吧，也不該這樣漠不關心。」亞杰道：「我當然為了他著急。但是我既不能駕飛機把他接出來，一切著急也是徒然。行裡的經理，要我和他一路走，我的職務是開車跑路，我沒有法子可以說不去。至於說仰光會出問題，那或者不會是最短期內的事。」老太爺點點頭道：「我不過白說一聲，你要走儘管走，留你在重慶你也不能替我分憂。」

亞男將茶几上的茶壺斟了兩杯茶，將一杯茶交給父親，又將一杯茶交給哥哥，因笑道：「新泡的好茶，喝一杯慢慢的談吧。」亞杰端了一杯茶坐在旁邊椅子上沉吟著道：「我不去也可以的，不過要把五金行裡的事辭了。」老太爺喝完了那杯茶，又擦著火繼續的吸菸，搖了頭道：「那不必，我說的是一個道德問題，事實上，留你在重慶並無用處。今天哪家影院的電影好，亞男找一份報來，看看影院廣告。」亞男覺得父親這是個反常，但也只得找了日報來，挑了兩家好一點的電影。午飯前，去看一場。午飯後，又看一場。這大半天，亞杰都是陪著的。

電影院裡下午散場出來，老太爺微笑道：「你不必跟著我了，你明天動身，今天應該去料理料理你的事了。」亞杰道，「爸爸晚上什麼時候回旅館呢？」老太爺道：「晚上我還想去看一場京戲，再樂上幾小時。明天就下鄉了。」亞杰跟隨著走了一截路，才悄悄的說了一句道：「我明天一大早來吧。」老太爺道：「你忙呢，就不必來了。」亞杰在父親身後向妹妹丟了一個眼色，然後走去。老太爺聽到他腳步走遠了，卻又轉身招招手把他叫了回來道：「你明天早上能來一趟也好，我今晚上一定要給溫五爺打個電話，把香港情形探問個究竟。你能得著一點準確訊息，在路上不便放心一點嗎？」說時，他把朦朧的老眼，對挺立在面前的這位青年從頭到腳都看了一下。亞杰答應著一定來。老太爺道：「你去吧，路上應用的東西預備得充足一點，我今晚上不到哪裡去了。」說畢，他把那蒼老的聲音連連的咳嗽了幾聲，然後手摸了兩下短鬍樁子，微微擺了幾下頭向旅館而去。走不到幾步路，身後有輛汽車悠然的走過來，在人行道邊停住，車開了門，卻是溫五爺走出車來。他道：「老先生我告訴你一個好訊息，明天一早有飛機自韶關來。應該有人可接了。說不定內人就坐那飛機來。」老太爺問道：「有電報來了嗎？」溫五爺道：「直接電報並沒有，間接的得著一個電訊。讓我明天一大早去飛機場接人。我所得的這個間接的訊息，是比較的可靠的，或者就是我們那位剛飛去的太太又飛回來了。如其不然，人家也就不必打我這個招呼了。這樣，我相信就可以給老先生一點好訊息了。」老太爺笑道：「我那個孩子，他也沒有那樣大造化，可以坐接人的飛機回來！能得著他一點訊息就很滿意了。明天降落的地方，是不是珊瑚壩呢？」溫五爺點頭道：「準是珊瑚壩，誰能回來，誰不能回來，那很難說。今天就有人由香港帶兩條狗來呢。人的造化還不如狗嗎？老先生等訊息吧。」因為這是大街頭上說話，到這裡為止，溫五爺上車去了。

老太爺沒有得著他一個結論，是到飛機場去接二奶奶呢，還是在旅館裡等訊息呢？和亞男一商量，她道：「還是到飛機場去接一接吧。我們在旅館裡，人家怎好和我們通訊息呢？」這一晚父女兩人在旅館裡都不曾好睡。

次日老太爺起來，恰好是雲稀霧散，黃黃的太陽，照到屋脊上，他匆匆的漱洗著，亞男已走進房來了，笑道：「我們去飛機場吧，人事是不可料的，也許二哥他有法子坐了飛機回來的。」老太爺笑道：「孩子話，重慶缺少他這麼一個人，要用飛機把他由香港搶回來？不過飛機場我是願意去的，接不著熟人，站在一邊聽聽飛機上下來的人說話，也有準確的訊息。」亞男是比父親還急，他把老人的帽子手杖，都拿在手上，站在房門口等著。老太爺擦乾了臉，接過手杖帽子，就一道出門到南紀門外江岸。俯看江心珊瑚壩上，正停有一架銀色的民航機，由飛機上下來的和歡迎的人，步行的，坐著轎子的，正牽著一條長線，由兩三百級的江岸上來。

於是二人沒有下去，就在江岸石欄杆邊等著，亞男眼睛明亮，扯了父親一下低聲道：「爸爸，躲開吧，躲開吧。」老太爺見她說得這樣急，就和她避到側面一家豆漿店裡去。低聲問道：「你看到誰了？」亞男沒作聲，把嘴向外一努。老太爺看時，江岸停著十幾輛接人的小轎車，溫五爺正扶著一位摩登女郎，走上一輛流線型的淺藍色汽車。那女郎穿著海勃絨大衣，夾著銀色皮包，一張鵝蛋臉，她抬起一隻帶鑽石戒指的嫩手撫摸鬢髮，她年紀很輕，並不是二奶奶，而正是自己未婚的第二兒媳黃青萍小姐。兒子沒回來，這個已失的兒媳卻回來了。他不免怔了一怔。但是這時間很短，青萍上車了，溫五爺也上車了，立刻喇叭嗚一響，很快的在店面前街上掠過。就在這一掠時，還可以看到她那張粉紅色的面孔，轉動著靈活的眼珠，向迎接的溫五爺笑嘻嘻的說話。

接人的車子都去了，老太爺並不喝豆漿，站在江岸石欄杆邊，望望南岸高山外的青天，又望望滾滾不息的一江冬水。亞男走過來道：「用些早點，我們回去吧。爸爸，還等什麼？」老太爺道：「我不等什麼，人這樣的來，人又那樣的去，這就是重慶這一群牛馬，白玷辱了這抗戰司令台畔一片江山。」說畢，長長的嘆了口氣。

魍魎世界——這群牛馬，白玷汙了這一片江山

作　　者：張恨水
發 行 人：黃振庭
出 版 者：複刻文化事業有限公司
發 行 者：複刻文化事業有限公司
E-mail：sonbookservice@gmail.com
粉 絲 頁：https://www.facebook.com/sonbookss/
網　　址：https://sonbook.net/
地　　址：台北市中正區重慶南路一段六十一號八樓 815 室
Rm. 815, 8F., No.61, Sec. 1, Chongqing S. Rd., Zhongzheng Dist., Taipei City 100, Taiwan

電　　話：(02)2370-3310
傳　　真：(02)2388-1990
印　　刷：京峯數位服務有限公司
律師顧問：廣華律師事務所 張珮琦律師
定　　價：250 元
發行日期：2024 年 01 月第一版
◎本書以 POD 印製

國家圖書館出版品預行編目資料

魍魎世界——這群牛馬，白玷汙了這一片江山 / 張恨水 著 . -- 第一版 . -- 臺北市 : 複刻文化事業有限公司 , 2024.01
面；　公分
POD 版
ISBN 978-626-7426-26-5(平裝)
857.7　　112022182

電子書購買

臉書

爽讀 APP